# Dia dos mortos

Marcelo Ferroni

# Dia dos mortos

EDITORA GLOBO

*Revisão:* Nair Hitomi Kayo e Denise Padilha Lotito
*Capa:* Paula Astiz
*Foto de capa:* Jake Tilson / Stop Images

Dados Internacionais de Catalogação na Publicação (CIP)
(Câmara Brasileira do Livro, SP, Brasil)

Ferroni, Marcelo
Dia dos mortos / Marcelo Ferroni – São Paulo : Globo, 2004.

ISBN 85-250-3863-6

1. Contos Brasileiros I. Título.

04-3252 CDD-869.93

Índice para catálogo sistemático:
1. Contos : Literatura brasileira 869.93

Direitos de edição em língua portuguesa
adquiridos por Editora Globo S. A.
Av. Jaguaré, 1485 – 05346-902 – São Paulo, SP
www.globolivros.com.br

# Sumário

Este livro foi escrito entre dezembro de 2000 e junho de 2003. Sua publicação pela Editora Globo, aprovada em janeiro de 2004, foi um dos fatores que me fez ser convidado, poucas semanas depois, para trabalhar na própria editora.

São Paulo, março de 2004.

*Para Manuela Minns*

# Os Últimos Dias de Pompéia

Porcada palmeirense.

Não devia ter me enfiado aqui em noite de jogo. Na minha frente, um Gol com os faróis queimados saiu de ré pela pizzaria quando viu a negrada deixando o estádio. Passou por cima do canteiro, atrapalhou a vida do manobrista. Eu tinha de ter feito o mesmo. Agora, só na segunda esquina.

Giselle suspirou, cruzou os braços. Tem um pescoço comprido. Entrei na Turiassu e ela começou a coçar a testa, acho que sem paciência. As luzes amareladas dos postes, das barracas improvisadas. Olhava o movimento, desistiu quando um grupo de manos mexeu com ela. Não ouvimos o que disseram; alguma coisa com a palavra "pica". Liguei o ar mais forte, aumentei o som. Regulei os agudos, pressionei o *mega bass*. Ela, só olhando. O máximo que fez foi desviar de si uma saída de ar.

Acho também que a música não lhe agrada, que coisa. Fico pensando do que ela gosta.

Suspirou de novo. Uma turba de maloqueiros passa por nós, espero que não risquem meu carro. Novo, novinho, evito abrir as janelas para não perder o cheiro de zero. Mas não sou como o meu avô, que mantinha o plástico nos assentos. O velho sim, é louco.

Uma coisa só me irrita. Marcus, da concessionária, ficou de me arrumar os tapetinhos, se esqueceu. Limpo os pés antes de abrir a porta, não quero sujar o carpete. Outro dia, um cearense filho-da-puta entrou com um chiclete na sola para estacioná-lo. Tenho certeza de que foi ele, gritei com o cara do *valet service*. Mandei arrancarem com a unha, era o mínimo. Se riscarem a pintura, não saberei o que fazer. Bater a porta, encarar; ou fingir que não vi. Me conheço, não sou de briga, ainda mais em desvantagem numérica. Se eu afinasse, não sei o que Giselle iria pensar. Talvez até gostasse, é do tipo pacifista. Olha só aquele negrinho, parece que escapou da Febem. Não vou comentar; seu senso de humor é ruim.

Andamos dois metros, paramos de novo. Buzinas. Não tinha como prever a confusão no Parque Antártica. Quando passamos ali pela primeira vez, os filhos-da-puta continuavam no estádio. Mas a culpa é minha, admito. Me atrasei para sair do trabalho, enfrentei trânsito. Ela me esperava nos degraus da MTV, as mãos no queixo. Eu devia ter perguntado se estava com fome.

Mas não; quis saber se não teria problema a gente passar primeiro no West Plaza, precisava pegar um pacote. Giselle prendeu o cinto de segurança, se acomodou, perguntou o que era. Comprei quatro camisas numa promoção da M. Officer e o cara se esquecera de enfiar uma delas na sacola.

Estava séria, parecia emburrada, mas soltou um sorriso e olhou para fora. Fico na dúvida: não sei se viu graça no meu lapso ou na M. Officer. Lá no seu emprego alguém deve ter dito que a loja não é mais da moda.

Demoramos para chegar ao shopping. Embiquei na cancela, peguei o cartão. A máquina deu as boas-vindas, entramos. Giselle me perguntou por que eu estava descendo todos os pisos do estacionamento. Olha lá, cheio de lugar, me disse.

— Não gosto de ficar atrás de vaga; vou logo no mais vazio.

De fato. No último piso, metade das luzes apagadas. Apenas nós e um Voyage de vidro fumê, logotipo da Audi colado na traseira.

Depois de estacionar, toca a subir os três níveis. No térreo, toca a subir ao segundo andar. As escadas rolantes estavam longe, sugeri que fossemos a pé. Ela me disse que odiava escada, não fazia nenhum tipo de exercício. Me surpreende como é magra. Cabelo ralo preso por fivelas, os olhos pequenos, com leves olheiras: aparência e nome de modelo. Brinquei com isso logo que a conheci, vez ou outra digo a mesma coisa. Franze os lábios, deve me achar repetitivo. Giselle, não me canso de vê-la.

Decidimos esperar o elevador panorâmico. Lotado. Uma mulatinha pisou no seu pé, ela gritou, fechou a cara. Segundo andar. Esbocei dar as mãos, rocei sua pele. Fingiu não entender, continuou com o braço pendente. Música ambiente; em dias de semana o shopping não lota, fica agradável. Chamei por William, o vendedor. Sou bom de guardar nomes, me lembrava do seu cabelinho molhado, sotaque de mano. Não estava, o gerente demorou para achar o pacote. Abriu, estendeu a camisa sobre uma pilha de roupas. Era aquilo mesmo. Giselle franziu as sobrancelhas quando viu a pólo azul-bebê, perguntou se não ia ficar um pouco justa. Não sei, não tinha provado. Estava paga, era o maior número da loja. Fica bom sim, garanti.

Depois... Passou a mão na testa, comentou que estava com fome. Sugeri que a gente fosse à praça de alimentação, ela não podia ficar tanto tempo sem comer. Não me respondeu, suspirou. Disse que queria sair rápido dali. Claro. Pedi que me desse o cartão do estacionamento.

— Não está comigo, falou rapidamente.

Eu jurava que sim. Repetiu que não, a voz segura. Insisti tanto que minei sua confiança. Vasculhou a bolsinha bordada, reclamou que não era possível. Enfiou as mãos nos bolsos apertados da calça.

Tive o trabalho de abrir a carteira; só para confirmar que comigo não ficara. Esperamos o elevador, depois pegamos as escadas sem trocar uma palavra. Abri a porta do carro, a luz interna se acendeu, atirei a sacola no banco de trás. Tinha certeza, o cartão não estava lá.

Estava, enfiado no cinzeiro. Opa, olha ele aqui. De esguelha, vi que Giselle cruzava os braços, comprimia os lábios. Toca a subir para pagar. Vendo em retrospecto, admito a parcela de culpa. Quando saímos do West Plaza, a mestiçagem deixava o estádio.

Receio até mudar de faixa. Eles vêm em levas pela Turiassu, entre os carros, quase deslocam o meu espelho. Agora são dois branquelos, bermuda apertada. Sou são-paulino, não ligo para esporte. O último título que vi foi o da Libertadores, há dez anos. Nessa manhã, li por acidente qual era o jogo da noite; não imagino como alguém pode ir ao estádio para ver essa merda.

— Palmeiras pegou o São Caetano, Brasileirão.

— Ah...

Parados ali, pergunto onde quer jantar. Há um lugar por perto onde servem chope bem tirado. Massas, porções, fui lá uma vez. Ela me responde que não sabe. Ué, mudou de idéia? Não, é que não costuma comer muito à noite, a fome passou. Vira-se para o meu lado, acho que é comigo, mas me engano: está absorvida nas barraquinhas, nos homens comendo pernil na calçada. Sua cara não é das melhores.

— Tudo bem?

Responde que sim com aceno de cabeça. Ah, desinteressada. O carro da frente anda um metro, pára. Por alguns segundos, o rosto de Giselle é banhado pelo vermelho. Não pisca, não se move; pelo menos tentava sorrir quando a conheci. Engato a marcha, piso de leve no acelerador, cubro o espaço vago.

Afrouxo a gravata. Digo de novo que a próxima esquina é a nossa, o trânsito vai passar, comeremos algo. Me sugere se não podemos parar em qualquer barzinho. Tem coisa a fazer no dia seguinte, não quer ficar até tarde. Concordo; acordo às sete. Não que isso me incomode. Hoje é quinta, e com Giselle eu podia ficar até de madrugada, se ela quisesse.

Abro o botão do colarinho, livro o pescoço. Da primeira vez que me viu assim, numa festa de veadinhos, comentou que gostava de homens de terno. Nas duas ou três vezes seguintes, se acostumou. Deve ter enjoado da cor sóbria das gravatas.

Ficamos em silêncio. Os manos varrem o carro como ondas. Na frente, um ônibus se pôs de atravessado, o pisca aceso. Empacou ali, a poucos metros da esquina. Quando acelera, seu ruído vence o ar-condicionado, a música. Os marginais aparecem pelas janelas, se equilibram como macacos. Desisto de ultrapassar; não quero ganhar um chuveirinho de cuspe.

A voz alta de Giselle, ela mal mexe o rosto para dizer, de novo, que conheceu o vocalista de uma banda que canta a realidade de São Paulo. Pergunto se nasceu na favela. Ela não sabe, acha que não. Franze os lábios, se irritou com a pergunta.

— Mas é um cara inteligente, que entende o que rola na comunidade.

Ergo as mãos, faço cara de quem não queria provocar. Silêncio. Talvez queira trocar o som, é isso. Vem me falando de *rap* enquanto eu ouço *rock* americano, feito por brancos e para brancos. Sugiro que escolha um outro, ela abre o porta-luvas, manuseia o estojo de CDs. Desiste, volta a olhar o movimento na rua.

Saímos finalmente da Turiassu. Engato segunda, terceira, breco no primeiro farol da Caraíbas. Conheço um bar na rua, de esquina, a gente pode ir lá. Conto que a dona estudou comigo no colégio. Coincidências da vida, encontrá-la ali depois de tanto tempo. Casou-se, ela e o marido herdaram o botequim dos pais... Não, Giselle não se interessa.

Quando a conheci, tenho certeza, me achou interessante. Era essa tal festa da qual falei, dos veadinhos. Eu estava de penetra, ainda de terno, fazia força para não rir de um carequinha que rebolava na pista, mãos trançadas acima da cabeça. Giselle começou a conversar comigo enquanto olhava um sujeito no balcão. Viu algo em mim, é claro; para fazer ciúmes, não escolheria qualquer um.

Fomos ao bar, lhe paguei umas bebidas, ver se ficava alta. Ficou; como o sujeito não dava atenção, me beijou na sua frente. Ofereci mais um gim-tônica, ela aceitou. Embebedar para vencer. Quando saiu ao meu lado, trançava as pernas.

Giselle vai muda, os olhos na rua. Enrugo a testa, troco a marcha, dou a volta no quarteirão à procura de vaga. Não disfarça a vontade de ir para casa, eu fico sério. Não sou da favela; não sou também do cinema. E não sirvo para fazer ciúmes nos outros.

A situação não vai bem, nada bem. Arrumo o membro para dentro da calça, fecho o zíper. Vou à pia, derramo o sabão líquido nas palmas, lavo as mãos sem pressa. Me curvo e jogo água no rosto. Fecho a torneira, procuro com os olhos os papéis toalha. No caminho, me observo no espelho, as gotas d'água escorrendo pela face lívida. Bolsas abaixo dos olhos, mecha grisalha nos cabelos. A gravata solta, uma barriga saliente que faz volume na camisa social. O que Giselle viu em mim, não sei. Não viu nada, essa é a verdade.

A cabeça lateja, é o efeito da cerveja na barriga vazia. Me vejo uma última vez antes de sair, o máximo que posso fazer no visual é ajeitar os cabelos molhados.

Desço os degraus sem pressa, o que me espera lá embaixo não é agradável. Que bom que a dona, ou qualquer outro amigo meu, não esteja aqui para me ver.

Reapareço no bar, paro por um momento. A nossa mesa, no fundo do salão, continua vazia. Não é difícil encontrar Giselle: está no centro da sala, conversando com um sujeito. Bem no caminho; as pessoas que passam se desviam de lado, ela olha para trás contrariada. Quando fui ao banheiro estava curvada, quase sobre ele. Agora se ajeitou de cócoras, arruma o cabelo. Sorri como nunca vi antes.

Não sei quem é o filho-da-puta. Não é aquele do bar, nem me parece o tal cantor de periferia, eles costumam ser pardinhos e esse é um branquelo. Magro, e com cavanhaque parece um homenzinho. Quantos anos tem? Doze, treze? Rio com minha tirada. Os cabelos escuros, camiseta, jeans... E sandálias com tiras de couro. Fui trocado por um cara de sandálias.

Mantém um sorriso na boca, ajeita os cabelos enquanto escuta o que Giselle tem a dizer. Olha para cima, para os lados, menos para ela. Não sei mesmo quem é. Se tivesse de adivinhar, diria que é amigo de alguém que lhe interessa. Não gosto de pensar nisso, começo a travessia das mesas.

Muita fumaça, cheiro de fritura. Porra, se colocassem um exaustor aí, em algum canto... Nas mesas, as conversas se confundem, me atordoam. Três tevês, no alto, transmitem um canal esportivo. Bato os olhos, vejo um torneio de futebol de salão.

Me aproximo de onde estão. Nas outras cadeiras da mesa, duas garotas, os braços tatuados, fivelas coloridas, conversam entre si. Me parecem contrariadas com a presença de Giselle. Quem sabe eu não me sento também, puxo assunto? Se irritaria com certeza; vergonha de mim.

Encurvo o corpo, desvio das pessoas, me espremo entre Giselle e uma roda de adolescentes na mesa ao lado. Não me dá atenção; juro que abaixou o rosto na minha passagem. Travo os dentes, sinto a barriga gelada. Falou algo sobre mim? Será que é disso que riem? Garotos da MTV.

Continuo o meu trajeto, passo ao lado de mesas unidas, trintões e quarentonas comemoram o aniversário de alguém. Não dá para saber de quem; cantam parabéns, todos batem palma. Aniversariante que bate palma para si mesmo e sorri, isso me irrita. Muita gente me irrita. Taxista, atendente de telemarketing, modelo. A cidade está condenada. Não me esqueço do que meu avô disse uma vez: por ele, soltava uma bomba de nêutrons em São Paulo. Eu topo dizimar todo mundo para andar de carro em paz.

Finalmente chego à minha mesa, me sento sozinho. Do lado onde estava Giselle, um suco de melancia pela metade. Encho o copo com a cerveja que restava na garrafa, aceno para pedir outra. Por mim, pagava a conta e ia embora; o que me prende é a porção de lingüiça de Erechim, deve estar a caminho.

De fato. Não espero muito e lá vem o garçom com a travessa, mais uma Bohêmia gelada. Coloca o prato na mesa, vejo as fatias gordas, farinha de canto. Deposita outra cesta com pãezinhos. Foi horrível a cara que Giselle fez quando sugeri o pedido. Devíamos ser todos vegetarianos, comentou. Como os índios.

— Índios só tomam pinga, respondi. Talvez não devesse ter dito isso; para ela, foi a gota d'água.

Espeto uma lingüiça, passo-a na farinha, mordo. Em homenagem aos caiapós. Mastigo sem pressa, procuro Giselle. Dá para ver o seu cocuruto balançando, deve estar rindo. Um dos adolescentes ao lado palita os dentes, divide a atenção entre a tevê e seu corpo. Não tem muito o que apreciar, a menina é uma tábua. Pronto, falei. Não sirvo para fazer ciúmes nos outros.

Tomo um gole, estalo a língua, encho mais um copo. Para ela ver como me dou bem sozinho. Sinto que me observam, me viro para o balcão e cruzo com os olhos do garçom. Ele os desvia, mas mantém um sorriso mal disfarçado, as sobrancelhas arqueadas... Até ele percebeu o meu papel de otário.

O frio na barriga aumenta, meu maxilar endurece. Não é hora para desespero, e me agarro com força ao que me resta de palpável: a lingüiça de Erechim.

Como é que Machado de Assis dizia? Para a lingüiça de Erechim, o homem é eterno. Eu passo, tu ficas; mas só fui frita e temperada, e tu não, ó eterno; tu zangas-te, tu padeces, tu afliges-te! A tua eternidade não vale um só dos meus minutos.

Mordo mais uma fatia, homenagem ao tal Machado. É irritante, me lembra o colégio. Anos de livros enfiados pela goela, um martírio que só se equiparava às aulas de educação física. No vestiário da piscina, cansei de levar sardinha de toalha molhada de um repetente que já era barbudo aos treze anos.

Mastigo, Giselle continua rindo. Viro o copo em poucos goles, encho outro. Não ouso levantar os olhos e procurar o garçom, se ainda me observa. Ah... Agora... Ergo o pescoço para ver se está com a mão na coxa do moleque. É isso mesmo?

Me mexo na cadeira, desconfortável. Não sei o que fazer. Para Giselle, é como se eu não estivesse aqui sentado, os braços cruzados. Talvez queira dar o troco pela história do estacionamento, ou pelo trânsito desnecessário que pegamos; não sei. Talvez eu devesse ir até sua mesa, chamá-la de vaca e começar uma briga. Arrastar todo o bar comigo, dar uma voadora no cara de sandálias.

Mastigo as fatias de duas em duas, terminar o prato mais rápido. Briga, não seria má idéia. A multidão ia correr de um lado para o outro, como se dançasse. E eu no meio, tomando porrada. Ah, preciso de uma porrada, bem dada na cara, para ver estrela.

Talvez eu deva engolir uma bomba de nêutrons. O garçom passa, pergunto se embrulham porções. Coro quando vejo a cara de riso, os olhos brilhantes. Não embrulham? Me diz que não.

Sinto uma coisa entalada na garganta, a barriga remoendo. Peço a conta e olho em outra direção, fingindo indiferença. Não sei se me saio tão bem. Pelo canto, vejo Giselle entre as mesas.

A conta. Confiro com rapidez, peço para cobrar o suco na outra mesa. É o mínimo que posso fazer. O garçom ri. Filho-da-puta, está gostando da história. Engulo o que falta no copo, deixo a garrafa pela metade. É isso. Arrasto a cadeira sem fazer barulho, pego a carteira e o celular sobre a mesa, saio por uma porta de canto. Esbarro nas mesas, curvado; deixo rápido o bar antes que Giselle me veja.

A rua tomada de carros no meio-fio. Escura, a luz dos postes não é suficiente. Me espremo entre eles, atravesso o asfalto esburacado, começo a descer a Caraíbas a pé. Acelero, vou quase aos pulos.

Abro a porta do carro, olho em direção ao bar, uma última vez. Nada. Gostaria de ser pego de surpresa: ver Giselle descendo, brava, querendo saber que história era aquela de sair sem avisar. Nada. Duas pessoas deixam o bar, não as conheço.

Entro no carro, dou a partida. Esboço um sorriso que me sai forçado, penso que não foi dessa vez. Se ela ligar no dia seguinte, serei grosso, bem grosso.

# MULHER DE CUBATÃO; MENINA-LAGARTO

— EM CUBATÃO os bebês não têm cérebro. Em Cubatão... Mas é, é verdade. Cabeça oca.

— Eu tenho cérebro, fofinho..., retrucou ela, deitada na cama abaulada.

— Mas gosta de apanhar que é uma beleza.

Dizendo isso, levantou-se com dificuldade do colchão; procurou a camiseta pelos cantos, não a encontrou. Magrelo, as costas curvadas, passou pela sala abotoando a calça e foi à cozinha. Ainda deitada, Gorda Margô ouviu o jato d'água no copo de requeijão, gritou para vencer o barulho do filtro:

— *Apanhar não é doença, lindinho.*

Ficou de bruços, queixo sobre as mãos. Cantarolou alguma coisa, balançou os pés de sola encardida. De onde estava, via as costelas e um dos braços do garoto na pia.

Cley bebeu a água morna em goladas, mão na cintura. Aproximou-se da porta, avistou-a ainda no quarto, largada na cama. Gorda piscou de volta, sorriu. Uma boquinha úmida no rosto redondo.

Voltou ao filtro, encheu outro copo. Cada respiro que dava, as costelas saltavam.

— *Vem cá, meu neguinho subnutrido!*

— Neguinho..., disse ele, tomando fôlego no meio dos goles. Neguinho ia ficar o seu rosto se não parasse com aquilo. Passou a mão no braço direito, observando-se, e disse em voz baixa.

— Para mim isso aqui não é de negro...

Da cama, o grito:

— *Vem cá, meu cafezinho com leite!*

Bateu o copo na pia, sem muita força; se o quebrasse, podia se machucar com os cacos. Virou-se para o quarto, sério:

— Se você me chamar assim de novo, te encho a cara de porrada.

— *Enche do quê?*, respondeu ela, sorrindo. Os pés balançavam com mais força.

— De porrada. *Encho de porrada.*

Enfiou o rosto no colchão para abafar a risada. Ergueu-se, as bochechas rosadas — Ô fofinho, mas você não bate forte nem quando eu te peço...

Cley pôs as mãos na cintura, chegou mais perto da pia, espremeu os olhos pelo vitrô da cozinha. Através dele, via o paredão manchado do prédio vizinho e a ponta do céu esbranquiçado. Ouviu vozes, colocou-se na ponta dos pés para tentar ver a rua. Nada. Esperou mais alguma coisa; silêncio. Pensou em Maria Vitória, franziu os lábios.

Baixou os olhos, viu a pia, abaixo da pia. No canto esquerdo, o lixo de plástico transbordava de ossos de frango chupados; alguns ainda com restos de carne e nervo. A borra de café enchia os vãos, espalhava o seu cheiro pela cozinha. Cley sentiu que vinha fome.

— Ô gorda, passa um café pra mim...

— *Não me chama assim que eu não gosto!*, gritou do quarto.

Gorda, rá. Cley sorriu e repetiu, repetiu. Mas não era esse o seu nome? Não sabia que a chamavam assim no escritório?

O moleque se virou para o quarto, não a viu mais na cama. Mas sabia que estava ali, escondida; ouviu as dobradiças do armário rangerem. Margô reapareceu, passou à sala dando o nó no robe desbotado. Arrastou os chinelos pelo carpete verde-musgo, entrou na cozinha. Ouviu Cley repetir:

— Gorda, um café.

— Então me dá licença.

Rapaz saiu de lado, ela se aproximou. Esticou os braços, abriu o armário acima do escorredor de pratos e pegou um pote de plástico. Em seguida, curvou-se para procurar a leiteira, abaixo da pia. Cley tomou distância para ver o seu traseiro balançando, riu baixinho.

— Vai ver a bunda da sua mãe!, disse ela, abafada pelo bater das panelas.

A mãe. Talvez estivesse preocupada com seu sumiço. Domingo ela fazia almoço e... Que horas eram? Podia pegar o primeiro ônibus, chegar ainda antes da comida esfriar. Ou ligar para a vizinha — só ela tinha telefone —, deixar recado, que guardasse um prato. Mas não ali, com a gorda ao lado. Com certeza ela debochava, o chamaria de neném, isso não admitia.

A mulher encheu a leiteira no filtro, colocou-a sobre o fogo. Ficaram quietos por um momento, esperando a fervura. Margô parecia dormir em pé. Despertou num estalo, deu uma olhada na água e foi ao banheiro. Cley ouviu a porta sendo trancada, não se virou. Pegou uma colher do escorredor, começou a batê-la nos dedos. Olhava o vitrô. Maria Vitória devia tomar um café completo pela manhã.

Descarga, depois a torneira ligada. A mulher enfim reapareceu, ajeitando o robe. Cley deixou de olhar a janela e vasculhou o armário acima da pia.

— Ô gorda, cadê os doces?

— Já disse pra não me chamar assim, ó.

Abriu o pote de plástico, procurou pela colher. Viu-a nas mãos do moleque, puxou-a com força.

— Ô gorda, minha colher!

Margô fez cara feia. Ele continuou, com riso nos lábios:

— Mas no serviço é de gorda que todo mundo te chama. Sabia não?

Não, não sabia. Endireitou-se com o talher na mão e olhou fixamente o pote de café aberto na sua frente.

— Mentira...

— Se você acha...

Riu de novo, continuou vasculhando os armários. Gorda respirou fundo, espiou a água que borbulhava. Jogou duas colheres do pó, esperou que a fervura subisse.

— Só sem cérebro para não ter percebido..., falou o rapaz.

Margô mexeu a mistura, desligou o fogo. Enfim, comentou:

— Ah, docinho de coco... Sou de Cubatão, mas muito mais esperta que gente por aí.

— Docinho de coco?

— Coco queimado.

Disse e gargalhou, pendendo a cabeça para trás. Cley fitou a pia, as mãos na cintura. Gorda, ah, a gorda, ia quebrar a sua cara, ia. Cerrou os punhos, mordeu os lábios. Margô deu um último suspiro, derramou o café no coador. A fumaça subia pelo seu rosto, fazia um longo desvio para depois se perder na cozinha.

Odor do café. Do andar de cima, ouviam o som do rádio. Cley se desviou para que ela abrisse de novo o armário, pegasse duas xícaras com desenhos diferentes. Estavam próximos; via seus cabelos negros, embaraçados. Margô equilibrou as xícaras na mão, pegou o bule e seguiu para a sala.

Devia ter passado do meio-dia. Se fosse em casa, estaria esparramado na cama, na frente da tevê que a mãe comprara no crediário. Já teria almoçado, poderia tirar um cochilo sossegado. Fitou de novo o vitrô. Na sala, a gorda adoçava os cafés; batia a colher nas xícaras e cantava a mesma música que vinha de cima. Ele tinha vontade de ficar parado na cozinha, quieto, os pés descalços no ladrilho.

Podia estar em outro lugar. Ter acordado com Maria Vitória, não com aquela mulher. Suspirou, ouviu que era chamado.

— Vem, docinho, vem tomar o seu café.

Passou para a sala sem uma palavra. Perto da janela, descobriu a camiseta amarfanhada num canto. Catou-a, virou-a do lado certo e se vestiu. Arrastou uma cadeira e se sentou. Pegou a xícara com cuidado para não encostar na toalha de plástico — tão engordurada que grudava. Prometia mais uma vez que aquela seria a última, a última noite com Gorda Margô.

Maria Vitória não era de Cubatão; mas deixara que ele tocasse a cicatriz de um rabinho que tinha acima do quadril. Quelóide saltado, lustroso. Naquele dia, Cley passou a ponta dos dedos pela cicatriz, arrepiou-se. A luz do fim da tarde batia na cozinha da firma, e pela porta entreaberta podia aparecer gente sem aviso.

Menina baixou a blusa, Cley ainda forçou que não.

— Preciso, que é perigoso, sussurrou ela, respirando fundo.

Tinha os pêlos loiros, a roupa perfumada. Rapaz passou a mão em seu braço, mas dessa vez ela se esquivou, escapando para os lados da porta: ver se vinha alguém.

— Maria Vitória, fica...

Era tarde. Menina abriu a porta, a luz do corredor clareou a cozinha. De fora, ouvia-se o som das teclas dos computadores, um telefone que tocava. "Eu saio primeiro", disse. E sumiu.

Não era garota pobre. Muito pelo contrário; tinha cabelos loiros, lisos. Sobrancelhas e olhos escuros, lábios pálidos. Naquela tarde usava uma faixa sobre o cabelo, o rosto lavado.

Cley ficou só. Seu corpo formigava, a cozinha escurecia. Havia sido ela, só ela, que parara na sua frente e provocara, baixinho: "Quer ver uma coisa?".

Gorda Margô, ocupada em servir o café numa reunião, desconfiou quando passaram para os fundos da sala e sumiram no corredor. Cley não se agüentava; Maria Vitória pediu para prometer segredo, ele jurou pela morte da sua mãezinha. "Olha aqui essa minha cicatriz...", e ergueu levemente a blusa. Um rabinho, de nascença.

— Um rabinho?, perguntou desconfiado.

— Coisa normal, pode encostar.

Coçou a testa e, desatento, baixou o braço na toalha plastificada. Tirou-o rápido, sentiu sua pele repuxar. Dura realidade: Gorda Margô contava sobre uma conhecida do prédio que tivera um derrame enquanto tomava banho; só foi descoberta depois de uma semana.

— Morava sozinha, a coitada... Nem parentes tinha.

Cley mantinha os olhos na xícara vazia. Contrariada, a mulher ergueu a voz, forçou-o a sair dos pensamentos.

— Você ouviu? Nem parentes tinha. Oi, está surdo?

Fez que não com a cabeça, voltou a fitar a xícara. Vontade de dar um tapa na gorda, ver se assim calava a boca. Margô o chamou de novo, moleque a encarou com os olhos semicerrados. Ela se endireitou na cadeira, incomodada.

— Me olhando com essa cara... Qual é o problema, hein?

— Nada não.

Maria Vitória devia morar no Morumbi. Capaz que seu pai tivesse um Audi na garagem. Tinha vontade de perguntar isso à gorda; ela fofocava, sabia de tudo.

Descobrira pouco por conta própria. Era estagiária na firma havia um mês, nem isso. Papai influente a colocara ali para ir aprendendo. Foi encaixada em uma conta, mas não sabia bem o que fazer; ficou num canto, lendo revistas femininas, falando no celular. Nem computador tinha. Como ele também passava horas largado, à espera de uma entrega, foi fácil que trocassem as primeiras palavras.

Teve vontade de perguntar à gorda uma ou outra coisa sobre a menina; se fosse discreto, ela talvez não percebesse suas intenções. Pigarreou, manteve a voz baixa.

— Gorda, aquela garota...

— Quem?, disse num sobressalto, virando-se para Cley.

— Aquela que entrou na firma...

Margô coçou a nuca, forçou sorriso. Fingiu distração, olhou para a janela.

— A princesinha? Quer saber o que dela...

Cley se curvou sobre a mesa, olhos arregalados.

— Princesinha por quê?

Gorda riu alto, mexeu nos cabelos, fez um "ai, ai". Moleque perguntou de novo, ainda mais curvado. Ela suspirou fundo, virou-se.

— Está interessado, é?

Vendo-o quieto, olhos atentos, continuou — Não é para o seu bico não, meu pardinho.

Cley continuou sem dizer nada, abaixou os olhos. Mulher suspirou outra vez e por fim se levantou com as xícaras, em direção à cozinha. Falava alto:

— Ela é loira, queridinho, e rica. Tem nome de princesa, não sabia? Enquanto você aí, morando com a mãe num barraco... Como é mesmo o seu nome? Cleyton, Cleydir?

— Cleyróger, disse ele, tom baixo e uma tosse.

— Pois é, Cleyróger...

Da cozinha, outra de suas risadas artificiais. As xícaras bateram na pia, o som da torneira. Rapaz tinha as bochechas quentes. Pela janela da sala, via o mesmo céu sem profundidade, a rua se mantinha em silêncio.

Margô continuava a falar: que era um negrinho, sem chance. Ele até pensou em retrucar; negrinho não era. Mas estancou mudo, o pescoço duro.

— De branca, só eu mesma para sair com você, meu urubuzinho magricelo.

Deixou a cozinha enxugando as mãos na ponta do roupão, apoiou-se no batente da porta. O robe escorregava, mostrava a marca dos seios.

— Não é verdade?

Rapaz olhou o chão, respondeu.

— A gente almoçou.

Demorou a aceitar que fora um encontro difícil. Maria Vitória tinha rondado sua cadeira e perguntara se estava livre; estava, claro. "Quer ir almoçar?" Queria, claro. Ficou tenso, entrou no Peugeot da garota sem dizer nada. Quando finalmente saíram da lanchonete, seu dinheiro tinha sumido. Não por acaso; ela pedira salmão com especiarias e quisera dividir uma "salada thaï"; ele não teve como recusar, mesmo arregalando os olhos com o preço. O seu prato, escolheu o mais em conta. Tinha certeza de que era sanduíche, ficou rubro ao receber hambúrguer de soja com legumes temperados no vapor e *relish* de pepino, que não provou, com receio de ser ruim.

Ainda de estômago vazio, viu Maria Vitória pedir um sorvete de lichia com cauda cristalizada e um expresso. Na conta, enfileirou seus tickets-restaurante da semana. É claro que não bastaram. Menina completou a sua parte; dissera que não havia problema, mas nunca se sabe.

— E o que um almoço te garante?

Cley pensou por um momento, ainda fitando o chão.

— Podemos sair de novo.

— Sair de novo..., disse Margô, cruzando os braços. Sua voz se elevou — *Só almoçou com você porque não conhecia ninguém!*

Rapaz viu a toalha, coçou o nariz. Falou para dentro, quase inaudível.

— Então, não vou mais vir aqui.

A mulher ficou imóvel, e Cley voltou os olhos para o carpete verde-musgo; migalhas de meses se amontoavam embaixo da mesa. Respirou fundo, esfregou a bochecha. Com o olhar, procurou seus tênis pelos cantos, pensava em ir embora depois do que dissera. Mas a gorda continuava ali. Mesmo sem fitá-la, sabia que o sorriso tinha sumido do seu rosto.

— Não entendo o que isso te garante. Vai te ajudar a sair mais com ela?, insistiu a mulher.

Pela janela aberta a música voltara, mais alta. Alguma coisa de amor. Misturava-se à respiração de Margô; parecia que puxava o ar no compasso da melodia.

— *O que isso te garante?*, repetiu ela, com mais força. Havia se afastado da porta, bloqueava a luz que vinha da cozinha — *Ela é loira, ela é rica, seu imbecil!*

— Sua vaca.

Gorda estancou no meio da sala, os punhos brancos afundados na cintura. Cley levantou os olhos, trombou com os de Margô, abaixou-os de novo. Raspava um pé pelas migalhas do chão, pulavam na passagem. O outro, batia lentamente no ritmo.

Poderia ficar assim, calado, por horas. Margô suspirou, marchou até a mesa. Resmungou qualquer coisa de reclamação e o insultou. Cley, de fato, não chegou a entender o que dissera; suspeitou que tivesse sido "brocha". Nem sua mãe o chamava de brocha.

Mulher agarrou a toalha, começou a puxá-la. Não terminou o serviço; o rapaz se pôs de pé, ergueu o braço direito, descarregou seu punho na cabeça da gorda. Ela gritou e caiu devagar, levando a mesa consigo. No chão, rolou de lado com um gemido.

— Ai, ai, disse, massageando a orelha. Se apoiou com o braço, tentou se colocar de joelhos — Ai...

— Isso é para aprender, advertiu o rapaz, erguendo a mesa de volta. Catou a toalha com a ponta dos dedos, jogou-a sobre o tampo. Depois sentou-se. Passou os dedos pela mão que latejava, voltou a prestar atenção na música.

Gorda se arrastava pelo chão, mão no ouvido. Não xingou, não se levantou para revidar com arranhão, mordida. Nada disso. Parecia estar com medo, e se arrastava para o lado da cozinha, fora do seu raio de ação.

— Ai, ai, gemeu de novo. Apoiou a mão na parede, olhou-o pela primeira vez. Estava curvada; começou a chorar, com medo de receber outra porrada.

— Ué, gorda, não gosta de apanhar?

Levava tapa rindo, ajoelhada na cama. Palmadas que não deixavam marca. Pedia que mordesse os ombros, a gordura dos braços. Era insultada, o máximo de vadia, cachorra. Apanhava assim, antes que os rangidos do estrado fossem altos demais. Depois, carinhosa, pedia para ser abraçada.

A orelha estava rubra do soco. Fungou, disse baixinho — Ai, acho que fiquei surda...

— Falei pra você não me provocar, não ficar me chamando dessas coisas...

Não ouviu o que o rapaz disse. Tocou a orelha com a ponta dos dedos, tirou a mão como se a pele queimasse, gemeu de dor. Apoiou-se na parede, com esforço ficou de pé. Fungou, franziu os olhos. Deu alguns passos se firmando pelos cantos, entrou no banheiro e se trancou.

Cley continuou sentado, com a boca aberta, surpreso. Havia mesmo se machucado? Seria possível? Pensou em avisar que ia embora, levantou-se, foi até a porta do banheiro sem fazer ruído. Tentou escutar; ouviu a água na pia, outra fungada. Voltou para perto da mesa, colocou as mãos na cintura.

Ficou um tempo parado. Olhou ao redor, indeciso. Caminhou para o canto da sala, enfiou os pés nos tênis, pegou o moletom e a carteira, em cima da tevê. Esperou mais, indeciso. Mordeu os lábios, ficou na dúvida se tentava falar com a gorda. Não, o melhor era sumir com rapidez.

Foi até a porta de entrada, girou a chave com cuidado e o trinco estalou. Deu uma última espiada no apartamento, ver se não tinha esquecido nada, e escapou.

Fechou a porta sem fazer ruído, procurou pelo interruptor de luz no corredor escuro. Precisava sair dali. Desceu os degraus do prédio de dois em dois. Era uma escada em caracol, iluminada pelos vitrôs entre os andares. Seus passos ecoavam, ia ficando tonto.

Finalmente lá embaixo, empurrou uma porta de mola, deu no *hall*; um corredor comprido, com a mesa vazia do porteiro no meio do caminho. Faltava a cadeira, a fórmica do tampo descolava. Avistou a saída, a luz de fora o ofuscou. Atravessou cambaleante a distância que faltava e passou pela porta do edifício.

Pôs os pés na calçada, respirou. Foi dominado por uma claridade uniforme, os sons da rua pareciam abafados por ela. No boteco ao lado, dois pedreiros tomavam cerveja em copos curtos, olharam o moleque estancado lá fora. A calçada quebrada, saltada do chão. A rua reluzia de uma chuva fina que caíra por toda a manhã. Cley não percebera nada, embalado até tarde nos braços da gorda.

Não queria trabalhar no dia seguinte, encontrá-la atrás da garrafa térmica. E se ela contasse tudo à coordenadora? Suas orelhas esquentaram. Parado ali, teve medo de que Margô saísse pela janela e o visse como bobo. Bobo não era. Apressou os passos, ver se pegava um ônibus na Rio Branco.

Atravessou uma rua pouco movimentada. Uma velha acompanhou seu trajeto com os olhos. Outras pessoas o fitavam. Moleques sentados na guia, mulher com um carrinho de feira saltando pelo concreto.

Onde estaria Maria Vitória, se acordada ou não, se sorrindo (em seus sonhos sorria). Podia ter descoberto seu telefone de recados, deixado mensagem com a vizinha. Chegando em casa, Cley poderia telefonar, encontrá-la finalmente. Maria Vitória, cabelos lisos e rosto lavado, o esperava e sorria. Menina-lagarto, menina-grifo, branca como o céu.

## Nada além de flores

Se decido escrever, é porque papai está na UTI. Vai mal, o coitado. Hoje, levei mamãe até lá. Pegamos trânsito, basta chover com mais força que a cidade pára. Difícil também encontrar vaga. Rodamos o quarteirão, sem sucesso; um absurdo o que cobram para estacionar: meia hora, cinco reais. Mamãe disse tudo bem, pagava a conta. Parece não perceber o que se passa ao redor. Ainda está chocada.

Nos molhamos até a recepção. Fiz menção de jogar o casaco sobre ela, disse que não precisava. Não protegia nem os cabelos, arrumados num coque. Segurava a bolsinha com as duas mãos, caminhava fitando o chão. Envelheceu dez anos desde o acidente; de todas nós, tenho certeza, é a que mais sofre. Quando o vê, com o pé para cima, sonda na goela e venda na face, começa a chorar. Vai ao banheiro para que ele não perceba, volta enxugando os olhos com o lencinho bordado.

Doutor Fancculo ("Fantchiúlo", disse ele, corrigindo a minha irmã da primeira vez que o vimos) já explicou: o velho não tem consciência. Ficamos quietas. Isabel, que estudava os diplomas, os livros da estante, suspirou. Comentou que talvez o pai fosse como as plantas; no fundo, sentia se a gente chorava ao seu lado. O doutor fitou-a sério, sacudindo as pernas embaixo da mesa. Girou a caneta entre os dedos, não respondeu. Vive impaciente conosco. Quando está no hospital, o que é raro, não nos dá mais do que cinco minutos de atenção. Uma pena; é reconfortante ouvir a sua voz.

Tem as mãos grandes, bigode espesso. Deve estar louco para usar o vozeirão em outro boletim médico à imprensa. Não sei se vai conseguir. Depois da onda de entrevistas nos primeiros dias, hoje os jornalistas são escassos. E nem completamos duas semanas. Pela manhã, nos disse a recepcionista, dois deles ligaram atrás de notícias. Teve também um professor da GV, amigo de papai, que passou pelo saguão no intervalo do almoço. Veio na hora errada, não pôde subir para a visita. Talvez, se tivesse consultado mamãe sobre o melhor momento...

Sei que não o faria. Os conhecidos têm medo de vê-la; receiam que ela pergunte, entre lágrimas, se também sabiam da traição de Fulgêncio. Parece que suas fugas eram conhecidas e comentadas por todos. Só nós continuávamos no escuro. Mamãe nem suspeitava de que havia algo errado. Acho que é por isso que tem sofrido tanto nos últimos dias. Eu, a bem da verdade, não me surpreendi. Desconfio até que Isabel já soubesse; o pai costumava ter segredinhos com a caçula, são farinha do mesmo saco.

Dona Dilze foi a única a mostrar remorso. Com o que tinha de culpa, nada mais natural. Logo ela, que fora por mais de uma década a secretária de papai. Era como parte da família. Chorava alto, o lenço na boca. Nos encontrou numa segunda-feira, dois dias depois de papai ter entrado na emergência. Disse que gostava muito de nós, do velho; não saberia o que fazer se não aceitássemos suas desculpas. Mamãe foi dura. Nunca soube lidar com as palavras, escolheu uma frase que se adaptasse à situação.

— Dilze, você me deu uma punhalada nas costas.

As súplicas da mulher cresceram, quase engasgou com o lencinho. Mesmo assim, viríamos a saber mais tarde, não contou tudo o que sabia. Isabel olhava para os lados, observava as pessoas que passavam pelo corredor do hospital. Era como se o que Dilze contava não fosse novidade. Percebeu que eu a fitava, fingiu não notar. Tem me evitado nesses dias.

— Ai, dona Ilda, o seu Fulgêncio encontrava por aí uma jornalista... mas só encontrava, não sei de mais nada!

Mamãe se encolheu contra a parede, ouvindo a secretária. A tal mulherzinha, continuou Dilze, era a editora de economia de uma revista semanal. Perguntei se fazia tempo que mantinham a relação. Alguns meses, disse a mulher. Quantos? Seis, sete... no máximo oito.

— Mas Dilze, isso é quase um ano!, gritou mamãe, se aproximando com os olhos arregalados.

Por garantia, peguei o seu braço, impedi que avançasse. Não queria que se agarrassem no meio do corredor, todo mundo olhando. Mamãe não é dessas coisas, mas vá lá saber.

Me surpreende que tenha resistido à carga de más notícias. Quando soube do acidente, pensei que fosse ter uma parada cardíaca. Era sábado de manhã, ela passava os olhos pelas manchetes do jornal e deu com uma pequena nota, colocada às pressas no primeiro caderno. Tinha todos os dados errados:

EX-PRESIDENTE DO BANCO CENTRAL
É INTERNADO APÓS ACIDENTE EM SP

*O economista Fulgêncio Marques, 61, ex-professor da Fundação Getúlio Vargas e presidente do* BC *de 1991 a 1993, sofreu um grave acidente na noite de ontem na rodovia dos Imigrantes, que liga São Paulo à Baixada Santista. O economista viajava com a mulher, Valquíria Marques. Seu estado de saúde é crítico.*

Mamãe achou que fosse um trote. Olhou as palavras impressas, boquiaberta.

— Mas Fulgêncio não estava em Nova York?, sussurrou para si.

Riu indignada; o marido participava de um fórum econômico de quatro dias nos Estados Unidos, viajara inclusive a contra-gosto. Além do mais, não poderia ter saído com o carro, estava no conserto. E ela, e ela... não freqüentava Santos, não tivera um acidente e não se chamava Valquíria.

O que se seguiu minou sua confiança. Aurélio Duarte, do *Valor*, tem o telefone de casa, mamãe atendeu. Eu tomava café da manhã, vi a coitada perder a força nas pernas e cair no sofá. O jornalista queria saber em que hospital estava o velho, se passava bem. Às oito, finalmente a polícia rodoviária ligou; pensavam que já havíamos sido avisadas. Nossa empregada estava de folga, corri para fazer um copo d'água com açúcar. Tentei encontrar Isabel, meus dedos apertavam as teclas erradas. Dormia fora de casa, desligara o celular.

Mamãe chorava quando a coloquei no carro. Eu também estava nervosa. Na saída da garagem, quase atropelei um sorveteiro que empurrava o carrinho pela calçada. Buzinei, ele me xingou. Furei sinal e fechei um motoboy; não sou boa nas situações de emergência.

A primeira coisa que ela me disse, enquanto subíamos a Rebouças, foi:

— Quem é Valquíria?

Fiquei quieta, mantive os olhos no trânsito à minha frente. Já imaginava o pior, que no final acabou por se cumprir.

No saguão, os poucos jornalistas de plantão nos perceberam logo. Uns garotos. Os fotógrafos, dois ou três, dispararam suas máquinas. Tivemos dificuldade em chegar aos elevadores, um guardinha pedia ao pessoal que se afastasse.

Descobrimos que papai não viajava pela Imigrantes, mas pela Tamoios, que liga São Paulo ao Litoral Norte. Dona Dilze confirmou que não estava sozinho no carro, mas não contou tudo. E acho que não abriria mais a boca se eu não tivesse ligado no dia seguinte para perguntar, a pedido de mamãe, se ela também sabia que o velho não ia a Nova York.

— Não sei... estou muito cansada... a minha cabeça dói tanto...

Desliguei e fitei mamãe, que acompanhara a conversa ao meu lado. Sentou-se, exausta. Mal dormira à noite. Comentou que ali tinha coisa.

De fato: Joana, a filha de Dilze, nos telefonou à noite. Explicou que a mulher estava à base de calmantes, queria nos contar pessoalmente os detalhes do acidente. "Por que não disse tudo no hospital?", replicou mamãe, que havia atendido a ligação.

— Para poupar a senhora, falou Joana.

— Pois para mim foi falta de coragem; sua consciência deve estar pesada, respondeu ela, cada vez melhor com as frases de efeito.

Nos visitaram na quarta. Sentadinha no sofá de casa, as mãos unidas sobre o colo, Joana reafirmou que Dilze só queria o bem da nossa família. Era magra e cinzenta; crente, me parece. Cabelos longos num rabo de cavalo, saia até os tornozelos e sapato sem salto. Ouvia com atenção o que sua mãe contava, como se aquela fosse a primeira vez. Creio que ensaiaram em casa, antes de virem até nós.

Dona Dilze, num canto da almofada, tinha os olhos inchados. Admitiu que fizera as reservas de um hotel de beira de praia, difícil acesso. "Refúgio do Corsário", o nome vinha bem a calhar. Valkyria Menezes (era esse o seu nome) dera as ordens por telefone. Ligara irritada, pedira três ou quatro opções antes de escolher. Queria ir a Maresias, mais badalada. Papai, sempre prudente, sugeriu um lugar afastado, onde não fossem encontrados.

— A mulher era louca, dona Ilda. Me pedia para confirmar reserva tarde da noite, cobrava coisas que não tinha ordenado. Uma vez, me mandou ver a diária de um hotel que não existia. Tentei explicar, ela gritou que não podia fazer o meu trabalho e bateu o telefone na minha cara.

Enxugou os olhos, continuou.

— Imagina, me dizer como fazer o serviço. Sou secretária do seu Fulgêncio há quatorze anos.

Inventaram a história de Nova York, a mentira não teve limites. Para ir à praia com seu Honda Civic, o velho alegou que o carro apresentava defeito: aproveitaria a viagem para deixá-lo no conserto. "Um bando de incompetentes, os da concessionária; não fazem nada em menos de quatro dias", disse ele, indignado de um jeito que até agora me convence.

Não foi só isso. Fez mamãe arrumar sua mala com roupas de frio. A coitada dobrou as camisas, acomodou os ternos e as meias de lã. Dona Dilze admitiu (já se acostumara a fazer declarações dolorosas) que guardara a bagagem em sua casa, apartamento de um dormitório no Mandaqui. Foi a gota d'água. Mamãe a demitiria no final daquela tarde; não adiantou o choro da mulher, as súplicas da filha.

— Dona Ilda, minha mãe preza muito a sua família...

— Pois o que está feito, está feito. A senhora pode pegar as suas coisas amanhã no escritório. Deixe as chaves na portaria.

Após a visita, ficamos um tempo caladas, na penumbra. Papai, como presidente do BC, ficou famoso por falar à imprensa o que não devia, vazar medidas sigilosas. Perdeu o cargo após contestar o ministro três vezes. Conosco, o velho foi sorrateiro. Numa tarde em que soubera que não estaríamos em casa, entrou na suíte e arrumou sozinho uma valise com roupas de praia. É difícil que tenha agido sozinho. Desde então, passamos a desconfiar também de Rose, nossa empregada. A mulata diz que não, nem sabia que o seu Fulgêncio tinha passado em casa naquele dia. Mas eu sei: ela viu o que aconteceu a dona Dilze, não quer correr o risco.

Quando Aurélio Duarte apareceu em casa, na quinta-feira, pedi que me contasse algo sobre Valkyria Menezes. Mamãe estava no quarto, Isabel se arrumava para sair com um sujeito. Ficamos na sala, ele se sentou ao meu lado no sofá, copo de uísque na mão. Tem uma barriga saliente, rosto esburacado. Eu sentia a sua respiração, me afastei alguns centímetros. Não se importou. Pegou um punhado de amendoim, falou com a boca cheia.

— Já trabalhei com ela, faz bem uns dez anos. Estagiária bonitinha; morena, cabelo cacheado, o pessoal reparava.

Na época, contou Duarte, a jornalista ainda morava com a família num sobrado em São Bernardo: a mãe, duas irmãs e o pai, operário da Volkswagen. Agora, com salário de editora, alugara um apartamento nos Jardins. Não era casada; mantinha relação séria com um publicitário quinze anos mais velho, desquitado.

— Imagino que a harmonia entre os dois esteja um pouco abalada, disse ele, sorrindo. Fingiu se ajeitar no sofá, lançou o braço por trás do encosto e se aproximou mais de mim. Olhei o chão, fiquei séria. Aurélio não tem mulher? Não é casado? Preciso perguntar isso a mamãe.

Não sei qual é o seu interesse por mim. Senti calor, me levantei do sofá. Ele havia mudado o assunto, perguntara como eu estava me sentindo. Não respondi, pedi que me falasse mais de Valkyria. Suspirou, curvou-se para pegar o amendoim.

A mulher subira com rapidez na revista, não se sabe como. De economia, comentou Duarte, não entendia nada. Havia também mudado. Da última vez que a vira, numa coletiva de imprensa, alisara o cabelo e o tingira de loiro. Um pouco acima do peso, a barriga escapava pela cintura. Não se intimidava. Cruzou as pernas na frente do entrevistado, deixou-o confuso.

— Acho que arrumou muita notícia exclusiva nessa base, disse ele.

Isabel deve tê-la conhecido, pelo silêncio que carrega. Ontem, ficamos juntas por alguns momentos na cozinha. Eu tentava preparar algo para mamãe, mexia uma sopa instantânea. A caçula surgiu com um top e bermuda de lycra, sacola no ombro; ia à academia, hábito que não perdeu mesmo após o acidente. Passou por mim, pegou um copo do escorredor e o encheu no filtro. Sentiu que era observada, fingiu não notar. Bebeu lentamente, colocou o copo num canto da pia. Antes de se afastar, perguntei se conhecia a jornalista que estivera com papai.

— Eu, hein... Você cismou com essa idéia.

Virou-se para sair. Pensei em segurá-la pelos braços, sacudi-la, que me contasse o que escondia. Isabel sabe que me tira do sério. Quando ela alcançou a soleira, falei: "Vai, vai na ginástica. Papai morrendo e você só liga para o seu corpo". Continuei mexendo a sopa; ela parou, colocou as mãos na cintura.

— Pelo menos não sou flácida e sozinha como você.

Deixou a cozinha, eu quis responder, corri até a sala com a colher de pau. Gritei, ela me xingou. Arrancou o molho de chaves da bolsa, procurou a da porta da frente. Não a ofendi mais porque mamãe apareceu, pediu pelo amor de Deus que a gente parasse. Foi por isso. No hall do elevador, Isabel brilhou sob a luz automática. Sorria, a desgraçada. Voltei ao fogão, mexi a sopa que fervia. A beleza um dia acaba, ah se acaba. Aí quero estar lá para ver sua aparência.

Além do mais, minha irmã se engana: Aurélio não sai do meu pé. Isso é estar sozinha? Foi ele quem me contou os detalhes do acidente, depois de uma curta investigação na polícia rodoviária. Me ligou na manhã de ontem, combinamos o encontro à tarde, no seu trabalho. Enfrentei trânsito na Marginal, demorei para achar o prédio da editora, um caixote de sete andares ao lado da ponte do Jaguaré. Desceu à recepção sorridente, as mãos nos bolsos da calça social. Disse que a redação estava tumultuada, me acompanhou para fora. Descemos a rampa de acesso, passamos pelo estacionamento de visitantes, pelas guaritas e entramos na cafeteria, em um prédio contíguo.

Uma sala abafada, o encosto de vinil me incomodava. Duarte apareceu com dois cafés e um quindim, alegou que não havia almoçado direito. Me ofereceu um pedaço, recusei. Havia poucos dias, começara uma dieta.

Sentou-se ao meu lado, despejou pacotinhos de açúcar e adoçante sobre a mesa. Mastigando, tocou no assunto que me levara até ali.

— Um colega meu encontrou a Valkyria nesse final de semana; fazia compras num shopping.

Franzi os lábios, tomei um gole do café. Estava morno. Ele continuou:

— Dá até para duvidar que sofreu um acidente. Não tinha band-aid no rosto, nada.

— Melhor para ela, respondi. Acho que a minha voz não saiu tão natural quanto eu queria. Fitei a mesa, pedi que me contasse logo o que sabia da batida. Os poucos detalhes que forneceu bastaram para que eu formasse a imagem do ocorrido.

Era sexta-feira. Colocaram as malas no carro, saíram no começo da noite. Chovia forte, o velho nunca foi bom motorista, muito menos com tempo ruim. Preferia guiar durante o dia, nos atrasou em incontáveis viagens quando éramos menores. Desta vez, enfrentou o temporal para agradar Valkyria Menezes.

Pegaram a Marginal Tietê congestionada, a estrada cheia. Pelos cálculos de Duarte, chegaram à Tamoios por volta das nove da noite. Um traçado de faixa simples e poucos trechos de reta. Segundo testemunhas, não vinha rápido. Sei como guia: corpo reto, rosto grudado no pára-brisa. Os carros o ultrapassavam em locais proibidos; outros caíam para a direita e se enfiavam pelo acostamento. Papai deve ter dado trabalho, vagaroso como é. Se o conheço, é provável que tenha ficado inseguro; desviava-se para o lado, brecava ao ser ofuscado pelos faróis no sentido contrário.

Foi assim que perdeu a direção. Na altura do quilômetro 26, há uma descida em curva que se torna mais fechada no final. A mudança de traçado o pegou desavisado, pisou no freio. O Honda Civic perdeu a estabilidade, rodopiou no asfalto molhado.

Atrás vinha um Golf vermelho; pela esquerda, uma picape escura em ultrapassagem proibida. O primeiro pegou a traseira de papai. O Honda sacudiu, escorregou de lado e foi atingido na roda da frente pela caminhonete: atirado com força pelo acostamento e pelo barranco.

O motorista da picape teve sorte. Escapou para a faixa oposta, bateu contra a encosta de pedra e estancou. O outro não se deu tão bem. Como papai, escorregou pelo declive, arrancando tufos de mato no caminho.

Mais adiante, o Honda quicou, capotou. O velho estava bem preso pelo cinto; foi esmagado ali mesmo, quando a lateral do carro abraçou um pinheirinho. O Golf perdeu velocidade e parou alguns metros abaixo, onde a ladeira era menos acentuada.

Fumaça, chuva e metal. Outras pessoas que desciam para o litoral embicaram no acostamento, acionaram o pisca-alerta. Com receio de se molhar, tentavam avaliar o acidente pelo vidro fechado. Seus faróis iluminavam dois veículos destruídos, nenhum movimento lá embaixo. Foi então que tiveram um espetáculo único.

Entre as ferragens, apareceram duas mãos. Em seguida, uma cabecinha loira. Bufou, fez esforço, abriu a porta retorcida do automóvel. A lataria rangeu, ela saiu cambaleando, deu alguns passos pela lama e se endireitou. Olhou ao redor, bateu os pedaços de vidro temperado da roupa. Ao ver os faróis no alto da encosta, começou a acenar, gritou que a tirassem dali. Estava machucada, podia morrer.

Ao ver a loira em apuros, um sujeito ousou se molhar para salvá-la. Perguntei a Duarte quem fora: "Um rapaz de vinte e poucos anos, esportista. Anotei seu nome, ficou lá na redação". Para mim, a cena é clara. Valkyria largou-se nos braços de um lutador de jiu-jítsu, ombros tatuados.

Reclamava das dores, temia hemorragia interna. O sangue, respingado na camiseta, não era seu. Respirava fundo, deixava que o sujeito a apalpasse atrás de um corte que fosse. Nada, estava intacta. Um milagre, contaram as pessoas que viram o acidente; nem a unha trincou.

O resgate demorou a chegar. No Golf, os passageiros estavam conscientes. Com papai a situação era outra. Quem descia para ver seu estado voltava pálido, sentava-se para poder respirar. Valkyria não esclarecia quem era o motorista. Gaguejou, disse primeiro que viajava com o tio. Após um ataque de choro, afirmou ser colega de trabalho; para outros, alegou que havia pego uma carona, não o conhecia.

Sussurrou que estava fraca, quase a desmaiar, e o rapaz tatuado a levou ao hospital de Paraíbuna, a cidade mais próxima. Consta que ela fez ligações para São Paulo no início da madrugada, nenhuma para nós. A polícia rodoviária não se preocupou em nos contactar, imaginando que a jornalista o faria. Valkyria deixou o hospital no início da manhã, socorrida por duas amigas.

— Você vai fazer algo a respeito?, disse Aurélio, me tirando do torpor.

Fazer o quê? Ainda penso na sua pergunta. Não quero recuperação, nem vingança. Mamãe sofre quando o vê; seu gesso, o soro no suporte, me trazem lembranças ruins. Morra logo, nos deixe em paz. Esse é o meu desejo.

# Dia dos mortos

Marcinho tinha as chaves do avô; usava-as pouco, atrapalhavam no molho. Enquanto procurava uma que abrisse o portão, Anita se espremia ao seu lado, observava a rua. Carros estacionados no escuro; demoraram a achar uma vaga. Tiveram de parar longe, em rua sem movimento. Rapaz saiu preocupado. Instalara o som havia pouco, não queria que o levassem, depois a grana do reparo... Tudo muito caro.

De onde estavam, viam o brilho do poste, marcava as formas com seu halo prateado. O trinco estalou, rapaz empurrou o portão com as mãos, se insinuou pela fresta e esperou que Anita entrasse. Corriam seus riscos, tais como: a) assalto a mão armada do tipo "passa o relógio"; b) caras drogados e sem controle, que atiram e não fazem perguntas; c) casal rendido, a porta aberta, marginais armados na casa; e d) seqüestro-relâmpago, seguido de estupro em subúrbio e balaço na nuca.

Marcinho brecou o movimento do portão (de ferro, pesado), bateu-o de volta com o impulso. Forçou-o de um lado ao outro, comprovar se estavam a salvo da rua.

Estavam. O velho instalara um alarme caseiro, capaz que soubesse que haviam chegado. Na penumbra, se espremeram entre o muro e o carro do avô, um fusca vermelho. Anita não ia atenta, machucou o braço ao entortar o espelhinho. Tentou arrumá-lo, Marcinho parou irritado, fez sinal que o seguisse.

Atravessaram a garagem em silêncio, empurraram outra grade, cor de zarcão, que rangeu com o toque. Anita soltou um suspiro; não sabia se devia ter vindo. Estar ali ao seu lado, por quê? Encontrar seus parentes, difícil num dia daqueles. Mordeu os lábios, de olhos no chão.

Depois da grade, passaram a um quintal de cimento, verde de musgo. O portão da entrada disfarçava o tamanho da casa. À esquerda de Anita, o cimento acabava, dava lugar ao jardim; nada mais que tufos de mato e terra batida. Um caminho de pedras o cruzava, se bifurcava para a sala — escura, abandonada — e a luz da cozinha. Ali a família esperava.

Seguiram pela trilha, ela atrás de Marcinho. Da mesma forma, passaram sem uma palavra. Gino, o avô, apareceu na soleira. Sorria, deu mais dois passos, encontrou-os na última pedra da trilha. As mãos estendidas, apanhou o neto no abraço. Anita parou, deu um sorriso e ajeitou os cabelos.

Marcinho não era como o avô. Comprido, olhos azuis, nariz afinado. Recebeu sério o velho, os braços pendentes de lado, não opôs resistência. Gino era baixo (um pouco mais baixo que ela) e corcunda. Penteara os cabelos grisalhos, de banho tomado, abotoara a camisa até o pescoço.

Soltaram-se, o avô se achegou a Anita, o riso fixo no rosto. Deu-lhe a mão seca, ela sorriu. Perguntou como ia, disse que bem. Então tudo bem, replicou ele, os dentes à mostra.

Marcinho já havia entrado. Mas então, não a esperava mais? Ao seu lado, o velho sorria, pressionava suas costas em direção à cozinha; a luz amarela, família em volta da mesa, os rostos virados à porta. Rapaz começava os abraços, Anita foi atrás.

Difícil se recordar dos parentes do namorado. O pai, havia visto outras vezes; o irmão, uma, no máximo. E aquele velho sentado, não o conhecia.

O pai se levantou sorridente, o rosto ovalado como o de Gino. Baixinho também, um pouco corcunda.

— Anita, como vai a senhora...

Mais uma vez, disse que bem. Abriu o sorriso. Pelos dentes cerrados, a voz lhe saiu artificial. Todos a olhavam, corou.

Não se lembrava do nome do pai. Marcinho não a ajudava; tinha ido às panelas, abria as tampas e cheirava o vapor. Ao seu lado, a avó Yolanda lhe dizia o que havia, ansiosa que o neto aprovasse. Anita se aproximou para cumprimentar. A mulher demorou para vê-la, preocupada com o rapaz.

O velho sentado era o Nelson, disse o pai. Estava com os braços cruzados e a fitava: sobrancelhas espessas por trás dos óculos bifocais. Usava um conjunto esportivo cinza-mescla, com duas listas vermelhas no peito. Anita deu a volta na mesa, inclinou-se e o cumprimentou. O velho gostou dos beijinhos, pela cara que fez.

Faltava só um, o irmão de Marcinho, ao lado de Nelson. Menina curvou-se, lhe deu a bochecha. Um rapaz flácido, esparramado na cadeira. Chamava-se Amiano, beijou-a com os lábios molhados.

Marcinho havia sentado, não a convidara, Anita franziu o cenho. Não devia ter vindo. A relação entre eles se complicava, descambara no dia em que ela atendera um telefonema no apartamento do namorado, semana passada. Aquela voz feminina, do outro lado da linha, perguntando por ele... Anita quis saber quem era, a outra só disse: "Não pode chamá-lo, querida?". Não soube o que fazer (insistir, arrumar confusão), passou o fone a Marcinho. O rapaz sorriu sem jeito, arrastou o aparelho até o quarto, gaguejou nas palavras.

Quem era ela? Quem era? Devia ter perguntado com jeito, e não enchido os olhos de lágrimas, gaguejado, sem saber o que dizer. Você anda muito nervosa, respondeu ele, ao levar o fone de volta à sala. É só alguém do trabalho.

Do trabalho, sei... A cada vez que se lembrava do telefonema, fechava a cara, pensava em ir para casa. Ficar ali seria difícil. O pai puxou a cadeira para que ela se sentasse na mesa redonda; as pernas de metal rangeram contra o ladrilho. Ao seu lado, Marcinho mordiscava torradas.

Anita procurou se ajeitar. Mas o jeans machucava a barriga; precisava perder seus quilinhos. Duas calças não lhe serviam mais, temia que aquela fosse a próxima. Talvez começasse um regime segunda. Não devia mesmo ter vindo.

Amiano a fitava, sem se mover. Ela o olhou, rapaz não desviou. O avô sentou suspirando, se ajeitou sobre uma almofada; o assento duro o incomodava. À esquerda de Anita, estava Marcinho; à direita, o banquinho vago devia ser da avó, que apagava o fogo, mexia a panela. Ao lado estava o pai; a seguir, Amiano e depois Nelson. Gino por fim, na mesa redonda.

A avó Yolanda estalava os lábios, dizia a Marcinho que tinha sopa, torrada no pote; berinjela como ele gostava, sem alho. Pimentão na conserva, queijo prato em fatia. Rapaz comia azeitona, enfiou dois dedos na boca, tirou o caroço sem ouvir palavra.

Era parecido com a mãe. Como soubera? Sábado passado, enquanto ele tomava banho, vasculhou suas gavetas atrás de uma prova que não deixasse dúvidas de sua relação com uma estranha. A barriga formigava. Encontrou comprimidos com nomes estranhos, notas fiscais amassadas. Também um batom, o coração se espremeu. E a foto da mãe.

Viu-a rapidamente. Tinha o nariz fino, era magra. Os abandonara por outro, um executivo do BankBoston que vivia em Miami. Marcinho era o único da família que trocava com ela *e-mails* esparsos. Às vezes, recebia um depósito em sua conta bancária para comprar presentes, ficava quieto para que os outros, principalmente o irmão, não soubessem de nada.

Naquela noite, mal falaram da foto; ela queria saber do batom, Marcinho dissera: é da faxineira. Na sua gaveta? Na minha gaveta. Batom Natura? Isso mesmo. Depois, Anita se complicou para explicar por que vasculhara suas coisas. Azedaram o final de semana. Marcinho deixou-a em casa (morava com uma amiga), falou que saía sozinho. Sozinho com quem? Com caras da firma, disse ele. Anita quis reclamar, ele fingiu não ver. Bateu a porta do carro e saiu com pressa.

Não gostava mais dela? A calça apertava, era certo. Não a achava atraente? O culote não ia sumir, não importava o quanto fizesse de esporte. Outro dia, rapaz se queixara da vida sem emoção. Ligara a tevê e ficaram assim, até meia-noite.

Espremida na cadeira, entre Marcinho e o banquinho da avó, Anita se serviu de berinjela. O avô apontava que pegasse isso, aquilo; que passasse na torrada. Ela dizia que sim, que sim, e sorria.

A meio caminho, viu uma vasilha estendida. Era Amiano, o braço esticado; mastigava e aguardava que ela tirasse fatia de queijo.

— Pode pegar com a mão.

Seus olhos eram fundos como os da avó; e escuros. Era o irmão mais velho, isso ela sabia. E poucas outras coisas: fizera engenharia naval e agora, depois de formado, começara o trabalho numa indústria de autopeças, periferia de São Paulo. Pensei que construísse navios, dissera ela a Marcinho. Não, respondeu o rapaz. O seu curso era o mais fácil de entrar.

Era calado. Soube desde a primeira vez que o vira. Fora no aniversário do pai; Anita acompanhou os três a uma cantina com pôsteres da Sicília e garrafas de Chianti no teto. Amiano não quis dividir o prato, pediu um espaguete com cheiro forte de ovo e bacon. Os fios da massa caíam de sua boca, seus olhos no garfo.

Mesmo agora dava receio; do outro lado da mesa, com a vasilha estendida no ar, Amiano ainda a olhava, mastigando com rapidez. Menina pegou uma fatia de queijo, sorriu. Ele sorriu de volta, com os dentes cobertos de farelo. Por cima da comida que engolia, mandou um copo de Coca.

A avó continuava no fogão. Esquentava um prato, tirou-o do forno e o colocou na frente de Marcinho: bolinhos escuros, restos do almoço. Disse que o neto adorava a comida. Ele franziu o cenho, olhou com nojo a massa murcha de carne. Amiano, no entanto, não se importou. Meteu a mão, pegou dois deles. Talvez a velha tivesse se enganado de neto.

Gino se serviu de salada, passou a travessa a Anita. Velho saudável, a pele esticada no rosto, bronzeada. Contava que havia subido na escada, tirar as folhas que entupiam a calha. Anita fez elogio, perguntou: mas não era perigoso? Disse que não, começou a contar outras proezas. Esfregava o quintal, caminhava pela manhã. Tinha também ferramentas, costumava arrumar o que as vizinhas trouxessem: aspiradores, batedeiras, *sound systems*.

Yolanda tirou a sopa do fogo, colocou-a na mesa, serviu um de cada vez. Uma pena, Anita não gostava de canja: o arroz boiando. Mas não pôde recusar, tentou sorrir. Disse que bastava uma concha, recebeu outras. Seu prato quase transbordava.

O avô se interessara por ela e perguntava uma série de coisas: com o que trabalhava; onde morava a sua família e o que faziam; em quem votaria em novembro, se nenhum dos candidatos prestava. Yolanda os interrompeu, a concha no ar. Queria saber se punha mais sopa a Anita.

— Obrigada, dona Yolanda.

— Mas você não comeu nada...

Uma, duas conchas a mais em seu prato. Nelson, os braços cruzados, abriu finalmente a matraca: não tinha gostado? Anita negou, cortou com a colher um pedaço de frango, engoliu com esforço.

Coca-Cola talvez ajudasse.

Esticou o braço até a garrafa, do outro lado da mesa. Amiano fez menção de ajudar, ficou hesitante. Anita, curvada sobre os pratos, agarrou a garrafa, riu, disse "obrigada, eu mesma pego". Em seguida, levantou o rosto e percebeu: rapaz olhava os seus seios. Vira tarde o que se passara. Ao se curvar sobre o tampo, a jaqueta jeans se afastara; a regatinha azul-clara deixava as marcas à mostra.

Amiano não esperava que Anita o fitasse; mantinha a boca aberta, corou. Tentou sorrir, mostrou um fiapo negro nos dentes da frente. Ela abaixou os olhos, ajeitou os cabelos, pegou sem pensar uma torrada do pote.

— Mariana, toma mais canja...

Uma terceira vez? A avó mantinha a concha no ar. Menina bloqueou o prato com as mãos, agradeceu, estava delicioso, mas bastava. Ao seu lado, Marcinho disse "Não é Mariana, vó, é..."

Anita o interrompeu, que tudo bem, não tinha problema, enganos de nomes aconteciam a qualquer um. Yolanda pedia desculpas, Gino pedia desculpas, ela tentava sorrir, dizia que não havia notado. Mentira; precisava perguntar a Marcinho quem era a fulana. Claro que não agradara. Voltou a pensar no telefonema, no batom da gaveta.

— A Mariana gostava de sopa...

— Vó!, disse Marcinho, mirando a velha que voltava ao fogão.

Anita mastigava a torrada, fitava o colo. Rapaz coçou os cabelos, franziu o cenho. Ela o olhou de soslaio. Que Mariana?

Os outros fizeram silêncio. O pai pigarreou, começou assunto sobre o trânsito na cidade, uma loucura. Gino concordou, disse que não saía mais de carro. Aos poucos, retomavam a conversa. Amiano era o único que não falava.

Anita passou a colher pelo que faltava da canja; não podia mais. Picou o frango, espalhou o arroz pelas bordas, dar a impressão de que havia terminado. O rapaz estava fascinado com a operação: não tirava os olhos de suas mãos, da sopa no prato. Ela demorou a perceber. Quando o viu, deixou escapar um sorriso; fora pega no ato. Ele tentou retribuir, esticou os lábios.

Marcinho parecia ter se esquecido de que a trouxera. Como se não existisse. Menina sentia um peso no estômago, vontade de estar em casa. De saber quem era essa outra, exigir explicações. Ergueu o rosto, pegou novamente Amiano de olho em seus seios.

Rapaz procurava uma brecha nas roupas; impaciente. Anita se ajeitou na cadeira, sentiu o corpo formigar. E, com os olhos fixos nele, afastou a jaqueta. Endireitou a coluna, pôs as mãos na coxa.

Não saberia dizer por que o provocava de forma tão declarada. Talvez, mostrar a Marcinho que também tinha os seus casos. Não foi só Amiano que ficou pálido; ao seu lado, Nelson estava imóvel, a boca chupada. Faltava pouco para os óculos desabarem do nariz.

O namorado nada notara; uma pena. Ela suspirou, arqueou mais o peito, cruzou as pernas e pegou o copo.

Tomou dois goles, fitou Amiano ainda com os lábios no vidro. Nem piscar, ele piscava mais. Nelson ficara rubro; surpreso, talvez, que algumas garotas não usassem sutiã.

Yolanda fervia a água para o café. Anita voltou a fechar a jaqueta quando o pai estranhou o silêncio, Amiano triturava o guardanapo de papel em uma das mãos, ainda a fitava. Nelson passou um lenço pela careca suada, finalmente ergueu os olhos para ver a irmã no fogão, dizer que não queria café.

Gino perguntou a Amiano do trabalho, o neto não respondeu. Largou o guardanapo no prato, arrastou a cadeira, ela rangeu ao raspar o ladrilho. Levantou-se, saiu por um corredor interno. Anita ouviu-o bater uma porta.

— Não vai querer café?, perguntou a avó.

— Deixa ele em paz, resmungou Gino.

Não saía do fogão, se sentava no pior lugar da mesa e ainda era maltratada. Ai se fizessem o mesmo consigo. Pensando nisso, perguntou se queria ajuda, mas a velha ia quase surda, não entendeu.

— Vovó sabe se virar, disse Marcinho, ironia que a desagradou.

Yolanda pôs o bule e as xícaras na mesa. Afastou-se novamente, tirou do armário uma caixa amarela e vermelha de bombons Garoto, colocou-a também sobre a mesa. Marcinho, impaciente, punha o café para si.

— Dá, deixa que eu faço..., disse a velha, estendendo os braços.

O pai pegou a caixa de bombons, rasgou o filme plástico que a envolvia. Ofereceu-a primeiro a Anita, que recusou. Ele insistiu; não queria por quê?

— Ela está de regime, comentou Marcinho, mexendo sua xícara depois de adoçá-la.

Riu irritada, disse que não era bem assim. Para contrariá-lo, pediu a caixa de volta, pegou o primeiro que viu. Infelicidade, chocolate com figo. Não gostava de figo.

Os bombons haviam ido para Nelson, que os revirava, as sobrancelhas arqueadas. Tirou um, dois, fisgou o terceiro. Caçava os de chocolate maciço, o safado.

Marcinho se levantou assim que terminou sua xícara. Esticou os braços, bocejou. O relógio na parede marcava nove horas. Enquanto os outros davam pequenos goles e mastigavam, rapaz começou a vagar ao redor, olhando o teto, os ladrilhos do piso. Gino tentou se apressar; deve ter queimado a língua no processo.

Todos se levantaram, Anita não sabia se devia ficar na cozinha e ajudar com a louça. Pegou dois pratos, os levou à pia. Rapaz falou que não precisava, a avó se virava. Ela fez que ia pegar outras coisas, Marcinho segurou seu braço, reforçou o que havia dito.

— O tio Nelson é quem faz isso; ele gosta.

De fato, o velho recolhia os pratos restantes, amassava os guardanapos usados. Quando passou por ela, fitou o chão.

Anita seguiu o rapaz pelo corredor interno. O pai havia se adiantado e procurava os interruptores da sala.

Menina esperou um pouco parada no escuro, até que as luzes se acenderam.

Um lugar amplo, dividido em dois ambientes, com chão de tacos e poucos móveis. Perto do corredor, uma mesa de jantar em madeira trabalhada e o armário da louça. Alguns passos à frente, quatro poltronas, um sofá e a tevê sobre um móvel com rodinhas. Na parede direita, a janela gradeada dava para o quintal.

O pai se sentou no sofá, colocou os braços sobre o encosto. Na mesinha de centro tinha de tudo: cinzeiro com o emblema do Corinthians, galos de metal, manada de elefantes esmaltados. Marcinho, sentado numa poltrona, os afastou para por os pés no tampo.

Gino veio por último, se sentou em outra poltrona, próximo ao sofá. O neto havia pego o controle remoto e ligou a tevê. Regulou o volume, começou a passear pelos canais: todos fora de sintonia.

— É o prédio que construíram aí atrás, reclamou o velho, cruzando os braços. Agora não pega mais nada, é uma desgraça.

Não era só esse o atrito com os vizinhos. O *playground*, garantiu, estava colado à parede da sala; à noite, a sub-raça de nordestinos jogava futebol, as boladas reverberavam pela casa. Gino dizia que tomaria providências, ah sim, tomaria. Anita, sentada ao lado do rapaz, não ouviu o que o velho faria; o som da tevê atrapalhava a história.

O avô parecia sonado. Agora, contava ao pai de sua visita ao cemitério naquela manhã. Acordara cedo, chegar antes dos outros e não pegar fila. Os floristas cobravam mais caro naquele feriado, bando de canalhas. Era sempre assim no Dia dos Mortos. O pai concordou, acenando a cabeça. Bocejou.

Aos poucos, a conversa cessou. Marcinho, o controle na mão, prestava atenção ao que se passava na tela. Um filme antigo, de guerra. Os personagens tremiam, as cores fora do lugar. O pai e Gino também começaram a acompanhar a tevê. Um campo de prisioneiros, soldados japoneses corriam, tiravam a espada, faziam o diabo (seus gritos sem dublagem).

— Que filme é esse?, perguntou a Marcinho.

— Não sei... Segunda Guerra..., ele respondeu, sem se virar da tela.

Ela tentou acompanhar. Os presos trabalhavam, alguns se recusavam, eram açoitados. Bocejou, precisava ir ao banheiro. Não lhe interessava a ladainha sem sintonia.

Levantou-se, ajeitou a calça que a apertava. Pensou em perguntar onde era o lavabo, desistiu ao ver o velho: os braços cruzados e o rosto tombado, adormecido. Caminhou pelo chão de tacos, deixou a sala sem que notassem sua falta. Virou no corredor, o som da tevê se confundia com os pratos.

Não seria o caso de oferecer ajuda na cozinha? Afinal, não tinha feito nada. Colocou as mãos na cintura, hesitou. Em casa, só lavava as panelas depois de alguns dias. Os pratos se empilhavam com gordura, a amiga com quem dividia o aluguel era ainda mais porca: copos de Toddy pela casa. Desistiu finalmente de ir; deviam estar no fim da limpeza.

Pensando em prendas domésticas, Anita abriu o lavabo.

A porta deslizou, ela entrou fitando o chão. Estendeu o braço ao interruptor, parou no caminho: estava aceso. A porta encontrou resistência num monte de roupas, voltou devagar.

O que viu primeiro: ladrilhos azuis, azulejos brancos. E Amiano. As pernas e o tronco saíam do vaso como uma planta exótica. O traseiro enfiado na bacia, os pés na parede. Cabeça imóvel, apoiada na descarga. Tranqüilo pensando na vida. A mão direita segurava a base do pinto, caído de lado. Pela coxa, uma trilha de pêlos melados.

Estava tão relaxado, não conseguiu se erguer ao ver a menina. Só abriu a boca e disse: "oh".

Desequilibrada, Anita recuou à soleira. Amiano continuava esparramado sobre a privada, só o seu peito mexia. Não piscava os olhos, nem fechava a boca.

Com as mãos no batente, procurando fôlego, menina não sabia se estava: a) indignada; b) com vergonha, talvez; c) querendo chorar; d) modéstia à parte, lisonjeada; ou e) talvez não fosse o que estivesse pensando.

Na cozinha, o barulho dos pratos; na sala, a tevê ligada. Amiano a fitava. Anita esperava que ele saltasse do vaso, enfiasse a calça sem fôlego, se desculpasse. E que, afoito, se machucasse com o zíper, enquanto buscava alguma desculpa sem senso. Mas não; começou a notar, pelo canto dos olhos, que sua mão voltava a brincar com o membro, de cima a baixo. Como ela não falou nada, rapaz aumentou a velocidade.

— Você podia ao menos fechar a porta, ele disse.

Anita foi obediente. Deu dois passos, encostou-a com cuidado, sem fazer ruído. Girou a chave, estavam a salvo. Sentou-se no ladrilho enquanto ele terminava o trabalho.

# O REPOVOAMENTO

NA COZINHA, minha mãe mexia para sempre o café na xícara fria, e seus olhos estavam gastos de chorar, como a conhecia. Perdida na xícara e na mesa de fórmica, tinha o rosto marcado de rugas. Me lembro de seus ossos: as costelas, os joelhos duros.

A mesa. Descolei as unhas ao tentar arrancar a casca azul-celeste, ver o que havia por baixo. Madeira de má qualidade. Minha mãe Laura passava tempos sentada na cozinha e nunca percebeu a fórmica com as bordas comidas. A verdade, não viu muitas coisas nos últimos meses. Passava horas com os olhos perdidos em uma xícara ou fumando, e como fumava. A fumaça ressecava os seus cabelos.

Me lembro do cigarro e da cozinha vazia. Eu vivia ali, à tarde, depois da escola. Me deixava fazer os deveres deitado no chão, não se importava. Vovô Geraldo, tenho certeza, se preocupava com resfriado, mas não dizia; no máximo, perguntava se eu não estava de mau jeito.

Sozinho, o caderno aberto na mesma página, eu mirava por horas a estampa dos azulejos na parede: ramo de folhagens escuras sobre o fundo bege. Dependendo de como se via, o desenho parecia um rosto de velha, com nariz adunco e cara fechada. Lembrava o da minha avó; morrera na cama fazia uns bons anos.

Sujo no chão, ouvia o chiado da respiração da minha mãe. Mais uma da família que definhava aos poucos. De meu pai tenho duas fotos, de quando a levou a um camping no mato, logo ela. Homem em shorts curtos e bigode negro, cabelo cheio. Se sou saudável desde a infância, a culpa é dele (onde quer que esteja).

Mas a mesa de fórmica. Me levantei do chão e avancei para a cadeira ao lado de minha mãe, quieto. Puxei o encosto, as pernas de ferro arranharam o ladrilho, num som agudo que arrepiava Laura (é difícil chamá-la pelo nome, como a uma amiga). Me fitou com os olhos semicerrados, e pronto: eu a havia atrapalhado na onda de pensamentos. Vi que quis dizer "sai daqui, da minha frente", pelos lábios estreitos. Parei com os joelhos no assento, recuei com o mesmo silêncio de volta ao chão.

Não apanhava. Nenhuma chinelada, não me lembro de nada. Mãe só me olhava; às vezes chorava escondida, não sei se por minha causa. O avô Geraldo também não brigava, sorria sem graça nas piores das vezes. Acho que foi ruim, demorei muito a querer me rebelar. Quando vi que era hora, era tarde; os dois estavam mortos.

Fui quieto, obediente. Uma criança compreensiva. Era muito pequeno na época em que minha avó se foi, mas me parece que os tempos foram sofríveis. Passou anos com câncer, deitada no quarto no fim do corredor. Sua morte deve ter sido um alívio para mamãe e vovô. Sorriam pouco, viviam em silêncio, mas pareciam felizes naquela casa. À tarde, o sol batia pelo vitrô da cozinha, e nas manhãs o muro da rua fazia sombra no jardim da entrada.

Passamos muito bem juntos. Pelo menos até o contato que minha mãe teria com o além.

Compreensivo, já disse. Achava estranho que ela continuasse sozinha, me parecia tão bonita. Mas nunca perguntei onde estava o pai. Proibições que eu mesmo fazia quieto, vejam só, criança mais incomum. Também não disse nada ao ver um sujeito aparecer por lá no começo da noite. Mas rondei a sala e passei pelo corredor mais de uma vez quando as visitas se tornaram freqüentes.

Ficavam apenas ali, sentados; pelo menos é o que eu pensava na época. Ele se apertava entre os braços de uma poltrona, colocava a pasta de couro na mesinha à sua frente. Minha mãe se acomodava num canto do sofá, sozinha.

Um homem redondo, sem pescoço; um urso inofensivo. Fornecedor da loja em que ela trabalhava, me parece. Quando me viu atravessando o corredor pela quarta ou quinta vez, forçou um sorriso, soltou ar pelo nariz obstruído. Corri para o quarto, mas minha mãe chamou de longe, queria me apresentar à visita. Cheguei sem jeito, senti sua mão suada quando cumprimentei. Nunca soube o seu nome; ela o chamava de Nênio. Mamãe não me deixou mais sair; me colocou ao seu lado no sofá.

Falava sussurrado, eu não o entendia. A voz se arrastava com a língua presa, fazia chiado. Até hoje acho que se incomodou com a minha cara: eu franzia as sobrancelhas, me aproximava para ouvi-lo melhor. Numa dessas, não abafei a risada e ele corou.

Língua presa ou não, ela o seguia atenta. Quando me sentei ao seu lado, falavam sobre coisas gigantescas, vidas de reis e vidas passadas; pessoas da história, o mistério das pirâmides.

Nênio comentou de um doutor, Trajano não-sei-o-quê, especialista em regressão. Um sujeito cuidadoso; entrevistava o cliente antes de aceitá-lo, disse baixinho.

— Nem todo mundo está preparado para a sua terapia.

Os olhos de mamãe brilhavam. Aceitava tudo o que Nênio dizia, sabia que com o além não se brincava. Falar a verdade, acreditava em qualquer coisa; sua religião havia se tornado pura crendice. Me lembro do quadro bordado de João Paulo II acima do sofá, herança da minha avó. Mamãe não sabia ao certo se era de bom gosto, nunca o vira numa revista de decoração. Mas se recusava a tirá-lo da parede. Me disse um dia que daria azar derrubar Sua Santidade. Não duvidava nem dos hare krishnas que vendiam incenso na Angélica.

Seus assuntos variavam pouco. Com freqüência, relembrava o caso daquela atriz e cantora americana; se livrara do álcool, das drogas e do cafetão que a havia comprado para publicar livros sobre as suas vidas passadas. Havia sido alguém mais importante que uma artista viciada em pó e conhaque com groselha. Nas areias do deserto, ou banhada pelo lodo do Nilo, seu vestido enroscava-se nas pernas, tinha os pés descalços. Fora Cleópatra, baixinha poderosa. Ou Marco Antônio, não me lembro mais da história.

Na mesa de fórmica, conversamos por dois dias. O que ela tinha sido? Minhas mãos grudavam no tampo; ela piscava, puxava a fumaça.

— Ah, filho, mamãe não sabe.

— Por que você não descobre?

Seus olhos se abaixavam, batia o cigarro.

— Porque é caro.

Não demorou. Numa noite, contei tudo no jantar, que vovô devia ajudar com o dinheiro, então. Ela murchou, baixou o rosto: parou até de mastigar. Meu avô bateu os talheres na mesa, nunca o tinha visto assim.

— Isso é bobagem! Uma bobagem! Laura...

Fiquei envergonhado, como se a culpa fosse minha. Avô Geraldo repetia que um dia ela ainda me estragava, me deixava louco de pedra. Pálida, evitou me fitar. Eu não sabia que aquilo era segredo.

Nênio fora. Sentei-me ao lado de minha mãe, eles fumavam especialmente naquela noite. Fazia frio, meus pés gelavam mesmo entre as almofadas do sofá. Mal chegou, quis contar sua outra vida.

Fez silêncio, esperou pouco para dizer: herói ateniense. De Atenas. Bem o disse, e entre os dentes brilhara um "Alcibíades". Ficamos boquiabertos. Vocês podem imaginar; boquiabertos. Era um herói, e minha mãe, olhos presos em seus gestos, esfregou os braços para evitar o arrepio.

Relaxou satisfeito. Tragou o cigarro devagar, ensaiou anéis de fumaça que saíram tortos. Devia ter sido duro esperar todo aquele tempo para contar a alguém; sua mãe, me parece, não dava atenção: era surdinha e só se importava com novelas. Também não poderia se abrir com seus colegas, que estranhariam.

Com calma, nos explicou o resto da história. Ao todo, haviam sido três sessões em imersão total no sobrado do doutor Trajano de Moura. Deitado no canapé, dormente pela hipnose, vislumbrara um chão pedregoso. E o cheiro: azeite de oliva, com certeza.

Fez mais silêncio, só o nariz chiava. Mamãe pediu que eu fosse dormir, já era hora. Me disse também para ver se vovô tinha caído no sono. Ah, ingenuidade a minha; pensava que ela queria apenas saber se o velho estava bem... Deixei a sala, antes pedi que me contasse tudo no dia seguinte. "Conto, conto tudo", disse ela. Entrei no corredor, senti os olhos do gorducho em mim, sua respiração difícil.

Não demorou muito. Uma, duas semanas, e minha mãe decidiu usar o dinheiro das contas de agosto com Trajano de Moura. Inventou uma reunião que ia noite adentro, pela primeira vez me pediu para guardar segredo. Respondi que sim, claro. Na noite marcada, fechou as contas na loja de lingerie onde trabalhava, saiu às sete em ponto e pegou o ônibus na direção oposta à de casa.

Tentei esperar acordado. Avô Geraldo me pôs na cama, permaneci deitado, fitando o teto. Voltava quando? Misturei os pensamentos, me virei no colchão. Fiz ainda um último esforço antes de adormecer.

Pela manhã, no caminho da escola, me contou pouco. "Não, mamãe não sabe ainda." Parecia abatida de sono, mas tinha os olhos vivos. Peguei-a sorrindo algumas vezes enquanto balançávamos no ônibus. O doutor atendia no segundo andar de um sobrado azul, travessa da

Vergueiro, e tinha fita com o canto das baleias. Não era só versado em hipnose e leitura de mão; era bom também na... A palavra demorou a sair: "Es-ca-pu-li-mancia, é isso!", disse ela, abrindo um sorriso.

— É a leitura da sorte na omoplata de uma ovelha, sabia?

Na semana seguinte, um novo encontro. Não sei se o avô Geraldo estranhou a reunião no mesmo horário. Dessa vez fiquei sentado no chão do quarto, o abajur aceso. Não funcionou; acordei no meio da noite com as costas geladas.

Sua vida ficou agitada com tantos encontros. Mas não durou muito; Nênio parou com as visitas. Acho que se despediu por telefone, nem na loja apareceu mais. Era Alcibíades, com novas metas. Minha mãe chorava fácil, daquela vez não foi diferente; passou a semana com os olhos inchados. Mas me surpreendeu, a tristeza não durou mais que isso. Tinha outra sessão com o doutor Trajano, estava ansiosa para vê-lo.

Mudou antes do terceiro encontro. Dera um jeito de sair mais cedo, passara em casa para se trocar. Estava nervosa, franzia os lábios contra o espelho, olhava-se de frente, de lado, assim, de frente. Vasculhou o fundo do armário, demorou para se arrumar. Quando saiu do quarto, teve receio de que a saia estivesse folgada. Voltou a se trancar, reclamou que não tinha roupas boas. Saiu novamente, pediu minha opinião. Como eu não sabia o que dizer, resmungou de só ter filho homem e se fechou de novo.

Saiu dizendo que estava atrasada, passou apressada pelo corredor. Usava sapatos que estalavam um som novo nos tacos, andava desequilibrada; muito maquiada, perfume doce. Mandou beijo, perguntou se estava bonita e sumiu no jardim antes de ouvir a resposta.

Eu achava que aquela seria a última sessão. Esperei que o avô Geraldo ferrasse no sono, escapei para a sala e me ajeitei no sofá com uma manta. Tentei resistir. Na penumbra, o rosto do papa me dava medo. O som do relógio parecia mais alto e as almofadas não me aqueciam. Devo ter ficado acordado quinze minutos a mais antes de perder a consciência.

Despertei com passos fora de ritmo, e uma topada na mesinha do telefone.

— Ah, merda...

Me coloquei de bruços, ergui o pescoço e chamei alto por ela. Nunca a tinha ouvido xingar. Tomou susto, se endireitou como uma marionete e me encontrou no sofá.

— Acordado a essa hora!

— O que você foi?

Não sabia ainda, não sabia. Riu com o dedo entre os lábios, toda mole. Confidenciou que Trajano precisava de mais sessões para tratar das mulheres. Devia ter tomado vinho branco e anisete (só bebia o que era doce), na casa do doutor tinha de tudo. Perguntou se eu queria água, "bem gelada", eu disse, e me levantei. Alisou meus cabelos quando passei por ela em direção aos quartos. Mamãe não sabia ainda.

Mas soube, sim. Acho que foi na sexta reunião, até perdi a conta. Não me avisara que ia. Era sábado de manhã, horário estranho para uma sessão. Eu brincava no jardim com o Wilsinho, um carioca que não havia conhecido muita gente desde que entrara na escola. Sua respiração forçada me lembrava a de Nênio. Eu cavava uma trincheira para os bonecos, gostava de ver as camadas de terra sob o capim.

Vala funda, bem na passagem. Ela nem percebeu o estrago ao se desviar de nós toda arrumada. Quando bateu o portãozinho da frente, Wilsinho ainda olhava o buraco e me dizia que lá embaixo estava o inferno. Não prestei atenção. Mamãe, saindo àquela hora para encontrar o doutor?

Demorou a voltar. Passava da hora do almoço, Wilsinho estava plantado sobre uma pedra do jardim, esperando que o pegassem. Meu avô nos fitava preocupado. Da sala, me chamou. Entrei na casa escura, quis saber o que era. Ficou sem jeito, me perguntou se minha mãe saía com alguém. "Não sei de nada não, vovô", respondi fitando o chão. Ela iria se orgulhar de mim.

Foram mais quarenta minutos de espera. O portão da rua bateu e minha mãe passou correndo; sua bolsa sacudia nos braços. Entrou na sala, trombou com a mesinha, derrubou o telefone. Correu para dentro. Wilsinho a seguira com o olhar, boca aberta.

Chorava. Ouvimos um estrondo, a porta do banheiro. O moleque ainda tinha os olhos na entrada da sala, à procura de movimento. Eu disse que era assim mesmo, ela estava muito resfriada, parecia até que chorava, não era? Wilsinho me olhou, se voltou rapidamente quando ouviu mais uma coisa caindo lá dentro.

Segurei as pontas, criança com medo de dar o que falar pelos amigos, na escola. Corri para dentro assim que sua mãe veio buscá-lo. O telefone continuava no chão, passei por cima. Meu peito entupia de ansiedade, no corredor trombei com vovô. Me segurou pelo braço, disse que mamãe queria dormir um pouco. Mais uma vez obedeci.

Ele só me deixou entrar no começo da noite. Passamos pela sala, o corredor, a porta do quarto entreaberta. Mamãe dormia, jogada de atravessado na cama. Os pés tratados; as unhas vermelhas pendiam no ar.

— Deixe ela descansar, sussurrou vovô. Pôs as mãos nos meus ombros, me colocou para fora. Também me fechei no quarto, chorei e tentei dormir cruzado na cama. Acordei com o pescoço dolorido.

Foi assim que a nova vida começou para minha mãe, fumando na mesa de fórmica, perdida num pensamento. Emagreceu mais, voltou a guardar os vestidos no armário. Eu tinha medo de perguntar o motivo: o que tinha visto no sobrado do doutor.

Meu avô quis saber tudo. Me sentou direitinho na cozinha, pôs as mãos nos meus joelhos. Chorei, o nariz escorria, eu só queria saber o que ela tinha sido em outra vida, só isso.

Trajano de Moura chegou a ligar uma vez. Era tarde, quis saber se avô Geraldo a colocaria no telefone. Do meu quarto, ouvi os rugidos do vovô. Bateu o aparelho com tanta força que machucou os dedos.

Mamãe parou com as visitas. Também perdeu o trabalho nos primeiros dias. Vovô Geraldo contactava os conhecidos, eu o ouvia discutir na sala, em pé ao lado do telefone. O que fazer com um sujeito que roubara a filha e ainda por cima se aproveitara dela; não merecia aquilo. Saiu duas ou três vezes com a pastinha debaixo do braço, parece que para falar com um ex-investigador que tinha amigos PMs.

A crise não demorou a chegar. Perto da meia-noite, acordei com a briga abafada pela porta. Quando vovô gritava de volta, meu copo d'água vibrava.

— Laura, Laura, é para o seu bem! Esse desgraçado...

— Não é desgraçado, não é! Ele...

— Quanto te roubou? Quanto?

— Nada! Não roubou nada! Fui eu que depositei...

— Depositou quanto? Esse sujeito tem de aprender...

— Vai mandar bater, bate em mim! Em mim!

É duro lembrar. Eu estava na aula de ciências quando a diretora me pegou da sala, com a notícia. Vovô esperava no corredor. Minha barriga embrulhou.

Era um dia formidável. Céu azul-escuro, calor descontrolado do meio-dia. Minha mãe saía do mercado carregada de pacotes, vejam só, estava confusa. Uma rua movimentada de motos, camelôs e pedestres, não viu o ônibus... Foi-se num baque, arrastada, jogada contra uma barraca de doce de leite.

Não soube quem vinha me acudir nas primeiras horas. Vovô se virou para arrumar tia Marisa, uma prima distante de mamãe que se mudara ainda moça para Uberlândia. Eu a conhecia de poucas fotos, uma época em que as duas cismaram de se comunicar por carta; hábito que não durou muito mais que dois meses. Chegou de madrugada, descabelada, não a vi de pronto.

Tinha os quadris largos, cabelo negro penteado até os ombros. Disposição. Falava alto com sotaque mineiro, no primeiro dia espanou a casa, abriu as janelas. O ar quente da rua atravessava a sala.

Nas tardes seguintes passou o tempo ao telefone. Tinha três filhos; duas meninas e um mais velho. O que dizia eu ouvia de longe, o que pensava. Eu sabia até o que almoçavam. O marido vivia preocupado com os negócios, tinha uma concessionária que ia mal das pernas.

Meu avô forçava o sorriso, agradecia por tudo.

— O que é isso, seu Geraldo, família é para essas coisas.

Vovô gastara horas ao lado de mamãe. Quando ela dava sinais de dor, ele ficava tenso, se embaralhava com os botões do controle da cama. Saía correndo, chamava a enfermeira. Tia Marisa me comprou um buquê da primeira vez que a visitei. Não se via muita coisa entre as ataduras.

Eu passava o dia na cozinha. A tia até arrastou a TV para a mesa de fórmica. Cozinhava, telefonava, fazia tudo com o aparelho ligado. Uma vez perguntei se conhecera bem a minha mãe. Ficou quieta. Respondeu que a adorava, a voz falhou. Voltou a cortar os legumes para a salada, continuei a desenhar sobre o ladrilho.

O telefone. Ouvia o que ela dizia sem nem me mover da cozinha. No dia em que controlou a voz, estranhei, levantei o rosto. Caminhei até o corredor, me apoiei contra a parede. Ela, de costas, falava com o marido. Voltei a me esconder, fiquei à espreita; foi assim que soube de tudo.

Tia Marisa tratava minha mãe de um jeito estranho.

— Saiu com outros, também... É, pois é... Não... Com esse é que foi o problema...

Me sentei para ouvir a história, abracei os joelhos. Uma ou outra parte me escapou, uma pena. Deveria ter perguntado à tia, quem sabe me explicasse os detalhes.

Enfim, nada digno de nota. No sábado, mamãe saíra apressada de casa e atravessara a cidade para tirar satisfação; nem as mensagens na secretária o doutor respondia mais. Àquela hora do dia, o consultório estava fechado. Experimentou a campainha no andar de baixo do sobrado. Uma mulher atendeu, perguntou o que procurava. Murcha, descabelada, é assim que a imagino.

Trajano apareceu no fundo da sala, ainda mastigando o almoço. Deve ter se assustado com minha mãe do lado de fora. Disse que não a conhecia e voltou a sumir. Mamãe insistiu com a mulher, queria entrar. Ouviu desaforo, tentou responder, engasgou. Uma confusão. Nesse trecho, tia Marisa sussurrava, não posso dizer mais nada.

Mamãe correu para o ponto. Usava um vestido florido, chorava. Acho que andou muito tempo de ônibus, pensando em Nênio, no doutor, olhando os carros.

A tia ia embora, no ônibus da noite. Arrumou a casa, pegou o carrinho de feira para as últimas compras. Quando vovô insistia em saber quanto lhe devia, ela falava: depois acertavam. Pagava os alimentos do seu próprio bolso. Eu sabia; ouvi o dia em que perguntou ao marido o que achava.

— É... pelo menos enquanto eu estou aqui... É...

Vovô Geraldo passava um bom tempo fora, atrás de trabalho; o máximo que havia arrumado até o momento era a vaga de porteiro num colégio católico. Minha tia arrastava o carrinho pelas pedras do jardim quando ele veio da rua, pálido. Descobrira o rombo das sessões na conta corrente. Abriu a pastinha de couro, as mãos tremiam. Tirou o papel do extrato, mostrou-o a Marisa. Estávamos no zero, ouvi dizer.

Ela ficou ali, apoiada no carrinho. Leu os números, não soube o que dizer. Me sentei no beiral da sala, cruzei os braços. Avô parecia confuso; pegou o papelzinho de suas mãos, amassou-o no bolso, entrou em casa. Precisava ligar para um amigo que ficara de lhe arrumar um emprego melhor. Empréstimo também aceitava.

Ficamos os dois no jardim.

Ela suspirou, me fitou. Esperou mais um pouco, se o avô reaparecia. Não ouviu um som, perguntou se eu queria ir à feira. Queria, claro. Me ergui da soleira, bati a poeira da bermuda.

Segui-a pelas pedras do jardim. Estava cansado de ficar sentado na sombra.

Abriu o portão.

A luz refletia nas pedras do pavimento, tufos de grama cresciam nos vãos. As nuvens eram de tempestade, misturadas a outras claras. Um fundo azul aparecia entre o tempo ruim, e o sol que me atingia era ardido. Seus raios batiam nas árvores próximas, nas paredes coloridas. Vermelho, verdes; cheiro de chuva. Ia cair num estrondo.

# Por que eu fugi

Ontem fui à casa de Emília e vi os seus retratos espalhados pela sala. É por isso que fugi.

Eu me explico. Para começar, estava ali a contragosto. Íamos ao *shopping* ver um filme, só passei para pegá-la. Depois, se rolasse um sentimento, a gente esticava. Achei que aquele era o meu dia: embiquei na frente do sobrado, o motor ainda ligado, e dei duas buzinadas. Três, para garantir que tinha me ouvido. Ela apareceu na porta e me pediu para entrar; ia se atrasar. Não gostei muito da idéia, mas obedeci.

Nem bem entrei, me levou à cozinha. O chão grudava de gordura, a luz fluorescente piscava. Sua mãe enxugou as mãos na barra da camisa para me cumprimentar, disse que já nos faria companhia; era só o tempo de lavar os pratos. Foi aí que entendi: na família, estavam ansiosos para me conhecer. E eu, bem... Tinha caído na armadilha.

O pai é mais velho, deve estar na casa dos sessenta. Me olhou de soslaio, subiu ao quarto para ler o jornal. Não soube lidar com a situação, me parece. Estranhavam que a filha estivesse acompanhada.

Pensei: a pequena é tímida. Lá estava ela, no sofá à minha frente, sorrindo para o chão. Distraído, estudei a sala enquanto a mãe não aparecia. Uma tevê no móvel de rodinhas, um quadro de natureza morta comprado em feira de rua. Na mesa de centro, Nossa Senhora de vidro amarelado e um profeta em pedra sabão. Ergui o rosto, bati com a tela bordada de uma cena campestre.

Ainda em silêncio, espiei dois porta-retratos no armário de cerejeira. Vi um, vi outro; perto o bastante para notar os seus detalhes. Minhas mãos começaram a suar, senti um peso no estômago. Olhei-os novamente, ter a certeza de que não me enganara. Minha cara não foi das melhores. Ela riu sem jeito, o aparelho fixo refletiu a luz do lustre. Entrelaçou as mãos, colocou-as entre as coxas, voltou a fitar o chão.

Porra, eu não sabia o que fazer. Emília é gordinha, tem um traseiro considerável. Quando fui apresentado a ela, na festa de formatura do meu primo, estava escuro e eu bebera além da conta. Ela tinha um vestido bufante que escondia suas formas. Mesmo assim, me satisfazia; nada que um regime de dois meses não desse conta do recado.

Mas as fotos... Não ousava mais fitá-la, depois de me deter naquelas imagens. A primeira, escura, tirada contra o sol, mostrava um grupo de pessoas num sítio. Os detalhes haviam se perdido, de onde eu estava só se viam os vultos. Mas soube que ela era a do centro, um espetinho de carne entre os dedos. A outra fora tirada à noite. Pelas roupas brancas, supus que fosse réveillon. Ela de novo no meio, sorridente, os olhos vermelhos do flash. Ao seu lado, as amigas pareciam bonecas de pano.

Vi o chão de tacos, o verniz gasto. Vi seus pezinhos tortos em tênis brancos. Não podia mais fugir dos fatos. Emília já foi muito mais gorda. Uma baleia. Emília foi o próprio globo terrestre. Eu quase não via sua face, deformada no meio de tanta gordura. Os bracinhos, meu Deus... Que bracinhos aqueles, maiores que dois travesseiros.

Emília deve ter cortado um pedaço do estômago, depois eu pergunto ao meu primo. Aquele filho-da-puta, com certeza espalhou que eu desencalhei uma porca. Se ouvir algo do gênero, vou ter de negar.

Não só emagreceu, como se recauchutou. Pôs aparelho, fez mecha no cabelo. Ali no sofá, me olhava de um jeito... Não, não dava mais. Minhas orelhas queimavam ao pensar que eu fora o primeiro a dar-lhe uns beijos, a tentar passar a mão.

É por isso que fugi. Fingi que passava mal, me tranquei no lavabo e molhei o rosto para parecer suadeira. Dei a descarga várias vezes, saí arfando. Sussurrei que não se preocupasse comigo; de alguma forma, meu mal-estar passaria. Algo que eu tinha comido.

Contornei o sofá da sala, me despedi à distância da mãe. Ela guardava os restos da janta: bolinhos fritos, macarrão alho e óleo. Não é à toa que são todos tetudos. A mulher me encarou, perguntou aonde eu ia, virou-se à filha para uma resposta. A pequena mordeu os lábios, se adiantou para abrir a porta.

No portão, fitei Emília uma última vez, não vou me esquecer do seu rosto. Tinha a boca comprimida, não ousava erguer os olhos; eles brilhavam, ela piscava. Foi desagradável, mas o que eu podia fazer? Não me pediu para ficar. Não perguntou aonde eu ia, nem se me veria de novo. Quando passei com meu carro em frente ao sobrado, já tinha entrado, fechado a porta.

# Angélica e irmãs

Se Murilo Toneleiro morrer nas tardes quentes desse mês de novembro, aposto que algum parente sabe-tudo, misterioso, dirá com as sobrancelhas arqueadas que era até possível notar, pelos olhos tristes do rapaz, que o seu destino trágico estava definido.

A conversa poderá sair num dia em que toda a família estiver reunida. Almoço de domingo, quem sabe. O parente, após suas frases pela metade, irá ouvir paciente a fala das tias, das avós: "Era tão moço, por que foi arranjar confusão com esse tipo de gente?".

Eu sou esse tipo de gente. E o incidente ocorreu há pouquíssimo tempo; seu parente profético (imaginário ou não), suas tias e avós ainda não sabem de nada. Nesse mesmo momento, espero que uma de suas mãos, a menos ensangüentada, tenha caído inerte na terra.

Hoje é domingo, e minha cabeça dói como o diabo. Minha boca também, inchada de uma porrada, dente a menos. Sentado no banco da praça, espero que me tragam um analgésico; quanto maior, melhor. Foi só isso o que consegui dizer à gêmea quando ela apareceu sorridente. "Vai, pede para o seu pai um remédio bem forte." O resto a gente resolve depois.

Mas eu me explico. Essa é a cidade paulista de Montes Altos, a poucos quilômetros da fronteira com Minas. Fuscas e Variants passam pelas ruas de pedra, fazem barulho que se ouve a três quarteirões. Estou na praça central, no lugar mais alto (e plano) da cidade. Atrás de mim fica a igreja e, entre as árvores, uma fonte que só foi ligada na inauguração.

O destino de Murilo Toneleiro foi fechado aqui mesmo, no bar de esquina do Kibu, há pouco tempo. Às onze da manhã o rapaz estava sentado em uma das mesas de dentro, tomava com seu amigo a última cerveja do feriado, antes de arrumar as mochilas e voltar para São Bernardo. O companheiro se chama Rogério, não sei; não vem ao caso.

Importa que, enquanto enchiam os copos, um Opala com escapamento furado embicou na esquina, rangendo, e três caras desceram. Eu não tinha chegado na praça para vê-los saírem do carro, mas os havia encontrado um pouco antes, sabia o que fariam. Suas aparências não eram das melhores: shorts e camisetas úmidas, cobertas de poeira. O desconforto os tornava mais perigosos. Quem vinha na frente era um mulato compacto, o corpo em forma de caixote; pela manga justa mostrava os braços musculosos.

Kibu, acostumado a brigas de boteco, só aparece depois do almoço. Quem toma conta do lugar pela manhã é o Carlinhos, um negrinho magricelo que ganha uma mixaria para não dar banda na rua. Medroso, não poderia impedir o que ia acontecer. Deve ter ficado com os olhos arregalados, imóvel atrás do balcão, enquanto o mulato se aproximava de Murilo, ainda sentado, e falava:

— Vem conversar com a gente, rapaz. Se eu fosse você, vinha por bem.

O calor na praça era intenso; as ondas que subiam do pavimento abafavam a respiração. Na escuridão do bar, os três devem ter se colocado ao redor da mesa, bloqueando as opções de fuga.

A cor sumiu do rosto de Murilo, eu garanto. Levantou-se com a boca seca. Perguntou do que se tratava, a voz não saiu. Deve ter achado que podia se safar na conversa. Não sabia o que tinha feito de errado, pensava ter sido confundido com outro. Foi por isso que decidiu segui-los. Não lutar foi o seu maior erro, e muitas tias, avós, ainda iriam chorar por isso.

Colocou os pés na calçada e sentiu o sol na cabeça. Os joelhos deviam estar fracos, ah, deviam; a mim mesmo isso já aconteceu, quando fui cercado em Mococa por um bando de filhos-da-puta. Mas eu distribuí pontapés, bati e apanhei, ao passo que Murilo ficou quieto. O mulato segurava com força o seu braço, o rapaz nem sentia a pressão. Imagino que deve ter dado uma última olhada no bar, ansioso por ajuda.

Se o fez, foi uma pena. Viu o amigo preso pela gola, esperneando; suas mãos buscavam qualquer coisa para agarrar e resistir. Rogério chorava que não, não queria entrar no carro. Parecia um bebê. Foi finalmente solto e tombou entre as mesas.

No carro, Murilo foi colocado entre o mulato e um outro, magrão quieto. Ia falar, havia quase se recuperado para tanto. Mas uma cotovelada rápida quebrou seu nariz em pequenas partes.

Angélica acredita em sinais e sonhos premonitórios. No fim desse dia memorável, afirmará com segurança que, enquanto Murilo apanhava, ela sentia as dores no próprio corpo.

É uma história que posso imaginar: Angélica acordou com uma enxaqueca dos diabos e o rosto lívido. Tinha a pele quente, e mais tarde sofreria de imensas pontadas no ventre.

Nesse dia muito claro e quente, Angélica acordou chorando, mas o pai proibiu que a mãe ou as gêmeas descessem à farmácia. "Vai é ficar no quarto; isso é culpa, é fingimento", disse Afonso Bertônio. Uma coisa eu sei; ela morre de medo de apanhar. Deve ter gemido, passado as mãos pela testa, mas não contrariou suas ordens.

Pode também ter sonhado com Murilo. Fraca na cama, buscaria algum sentido nos fragmentos de que se lembrava. Ela o procurava por um mercado vazio, envergonhada (de calcinha e sutiã). Pensava que o tinha visto, mas só encontrava presunto fatiado.

Nada mais natural. Pelo pesadelo, pelas pontadas e dores de cabeça: na noite de sábado, ficara até tarde com Murilo Toneleiro. Como nos dias anteriores, devem ter passado bom tempo escondidos perto do fórum, só os dois, tomando garrafão de vinho vagabundo e se divertindo. Angélica, eu sei, nunca foi de beber muito. Deve ter exagerado.

Desde criança foi assim; medrosa, frágil, supersticiosa. Ainda hoje conserva algumas de suas feições. É miúda e, sobre os olhos castanhos, as sobrancelhas grossas se encontram em uma penugem escura. Só os cabelos mudaram. Eram cacheados, reluzentes; agora inventou de pintá-los de loiro, uma moda que a Globo, que essas baianinhas, trouxeram para cá. Ficou estragado, foi o resultado. Espero que as gêmeas não sigam o mesmo caminho.

O que mais posso dizer de Angélica e suas irmãs? Montes Altos não tem cinema; passam tardes inteiras debruçadas na janela, vendo o movimento. Vivem num sobrado mostarda, de frente para a praça. Do quarto podem ver as árvores, o pórtico da igreja. Alguns bancos e trechos da fonte. Se esticarem o pescoço, observam também as mesas de armar do Kibu, na esquina ao lado.

Se fazem algo mais? Como não têm cinema, revezam-se para cuidar de uma videolocadora de esquina, alguns quarteirões para baixo, que Afonso Bertônio montou para mantê-las ocupadas no tempo livre. Quer ver se as meninas aprendem alguma coisa de trabalho. Nunca deu ponto sem nó; de tempos em tempos elas também servem de vendedoras em sua loja de móveis.

Mas a videolocadora é delas. Um quarto escuro, insuportável no verão. Angélica é a que gasta mais tempo ali. Faz as palavras-cruzadas numa revista *Passatempo*, mantém o rádio portátil ligado. Tem certa dificuldade de raciocínio, e sei que deixa as lacunas pela metade. Quando quer chegar ao fim, copia os resultados da última página, letra por letra, e abandona a revista num canto. Prefere o caça-palavras: passa mecanicamente pelo amontoado de letras, circulando o que faz sentido.

Nunca mais me aventurei ali depois que paramos de nos falar. Da última vez ela estava só, com um ventilador giratório a seus pés. Tinha pintado as unhas de vermelho, quase levara um tapa do pai por isso. Coisa de vagabunda, também fiz cara de mau humor quando os vi. Não ligou, continuou com os olhos abaixados na revista. Tinha o rosto melado, os ombros pontudos descobertos pela regatinha listada.

A luz vinha de um único vitrô, ao lado de sua mesa. À direita, duas estantes de filmes com as capas desbotadas. Ela voltara a riscar as letras no papel. Rodei pelas estantes, não sabia o que procurar; não tenho paciência para ver filme. Não tenho vídeo, também. Fitei-a de relance. Estava acomodada na cadeira, mordia a ponta do lápis. As pás do ventilador faziam barulho, se misturavam ao chiado no rádio. Me aproximei, perguntei quando tinha pintado aquelas unhas. Emendei que tirasse tudo. Angélica me olhou sem paciência, voltou a fazer o jogo. Eu só queria conversar, numa boa. Falei que era coisa de desocupada, e ela foi rápida. Se levantou, calçou os chinelos, enrolou a *Passatempo* e saiu apressada da locadora. Nossa última conversa amigável.

Com Murilo foi diferente; as gêmeas me contaram a história. Era janeiro, a saleta devia estar insuportável. Entrou. O ventilador se misturava ao rádio. *Passatempo*, pés descalços, capas desbotadas. Murilo viu as fitas, viu Angélica, pegou uma na prateleira de romance. As gêmeas me disseram o nome do filme, para mim são todos iguais.

Angélica sorriu sem jeito, deve ter se mexido na cadeira. Murilo perguntou se não queria ver o filme. Não ouvi o resto da história, não entendo como pôde ter caído numa conversa daquelas. Decidi que precisava resolver o assunto da minha maneira.

Me acomodo no banco da praça, a cabeça lateja com mais força. Faço pressão nas têmporas para ver se diminui. A dor no dente se sobressai. Hoje é domingo, se tudo correr bem Murilo vai tomar um tratamento de primeira. Chegou com seu amigo chorão na quinta-feira. No fim da tarde Angélica o viu da janela, dando voltas na praça com o som ligado. À noite, foi com a família ao bingo da paróquia, completou uma cartela e ganhou um frango assado — considerou um bom presságio. Mais tarde, finalmente se encontraram no clube, de frente para a praça. Não sei como não percebi antes. Ah, não sei mesmo.

Foram as gêmeas que me contaram, sentadas na mureta do sítio. Era perto da hora do almoço de sexta quando ouvi um carro que se aproximava. Saí pela porta, vi a fumaça crescendo, esperei na soleira. Era o Voyage branco do Zé Ronã, freou na porteira. Acenei sério, me cumprimentou de volta. Um frouxo; quarenta anos e ainda mora com a mãe. Acho que gosta das meninas, faz tudo o que lhe pedem.

A da frente desceu, a outra baixou o banco para sair, o motor ainda ligado. Despediram-se do sujeito, vieram em minha direção. As gêmeas; trazem sempre as más notícias. Me sentei num toco na varanda, esperei que se aproximassem. Têm corpo de criança, sem cintura. A pele branca, cabelos negros. Nunca pude entender as diferenças entre Anna Kátia e Anna Karen. Naquele dia, uma trazia os cabelos presos em um coque; a outra os usava soltos.

Me contaram tudo, na mureta do sítio. A de cabelos soltos pendia o rosto, me fitava de soslaio. Olhos azul-escuros, quase negros. Fingi que não percebi, e ela sorriu, me deixou sem jeito. A outra falava de Angélica. Depois do clube, afirmou, haviam ido ao fórum e passado bom tempo ali.

— Vi tudo, completou ela.

Continuei sentado no toco, e me contaram a história da locadora; só se calaram depois de todos os detalhes. Queriam ir embora, me recusei a dar carona. Tinha almoço, trabalho à tarde, não podia ficar de bobeira por aí. Levantaram-se contrariadas, reclamaram que aquilo não era coisa que primo fazia. Não me preocupei; o sítio não fica longe do centro, as gêmeas é que não gostam de andar a pé. Repeti que não podia fazer nada, elas tinham aparecido ali por vontade própria.

Esperei sentado até que se afastassem. Perto da porteira, ouvia que ensaiavam uma música romântica — *vou chora-a-ar, desculpe mas eu vou chorar...* —, no refrão erguiam a voz, riam.

Sozinho, caminhei até os fundos da casa. As paredes manchadas de terra, a torneira do tanque pingava. Forcei a rosca, gemi de esforço. Continuava pingando. Enfiei um murro na torneira, gritei, me sentei na soleira da porta dos fundos, a mão latejando.

Cafezal abandonado descia pelo vale, tomado de mato. As gêmeas não deviam conhecer tudo sobre mim. Eram muito novas para saber dos dias em que eu levava

Angélica lá para baixo, onde o capim era alto e podíamos nos esconder. Se Afonso Bertônio soubesse o que aprontei com a filha... Não me deixava mais morar no sítio.

Era ainda mais magricela, seus peitos nem tinham saído direito. Deixava que eu a apalpasse, sentada no mato. Às vezes sorria, ou ficava ausente. Às vezes eu tentava alguma outra coisa, forçava sua saia para cima, e ela inventava um assunto.

— Tem escorpião aqui?, indagava, olhando ao redor.

— Escorpião só dá em pau podre, eu respondia impaciente.

— E onde a gente acha pau podre?

Não adiantava responder. Ela fazia outra pergunta, continuava sem saber onde parar. Até que eu me cansava e me levantava do capim.

— A gente vai voltar, primo?

Subíamos por uma trilha de terra batida, antes que seu pai ficasse preocupado. Fizemos isso algumas vezes. Ainda não encontro justificativa para que tenha me abandonado. Cresceu, acha que pode agir por conta própria.

Sentado ao lado do tanque, a mão latejando. Vi o vale e o cafezal, minha barriga embrulhou. Não acreditava que Angélica podia ter me trocado por um caboclinho de cabelo molhado. Devo ter trincado os dentes, ficaram amolecidos. É por isso que um deles caiu após o chute na boca.

Foi de raiva que me levantei e, praguejando, desci o vale no meio do cafezal seco. Não sei direito o que aconteceu. Gritei, fiz força com as mãos e arranquei um caule de café. Caí para trás, me afundei na terra. Me pus de novo em pé, e minhas mãos puxavam tudo o que via. Eu bufava, xingava com o esforço, o sol batia em meus ombros. Queria arrancar tudo, furioso, até o último pé de café. Finalmente me atirei ao chão, exausto. Vendo o céu sem nuvens, arfando, só conseguia pensar em uma coisa: minhas palmas iriam arder pra diabo mais tarde.

Mas eu me apresento. Me chamo Orlando, Lando, levo o nome do meu pai. Morreu faz tempo, fumava como um sapo. Pouco depois, minha mãe se mudou para Poços com um fazendeiro. Fiquei no sítio com a permissão de Afonso Bertônio. Só me ajudou porque tia Lica pediu; não fosse por isso, não daria a mínima. Me colocou também como ajudante para vender camas e armários na loja, disse que eu devia começar por baixo, subir de cargo como gente que trabalha.

Voltei para dentro, as mãos em carne viva. Não quis lavar com medo de arder. Me sentei na varanda, ofegante. Só tinha uma coisa a fazer; acertar as contas com o filho-da-puta. Entrei na cozinha, abri as gavetas. Vasculhei e achei uma faca de serra, com o cabo de plástico creme. Ela me serviria.

Queria caçá-lo naquele momento. Me sentei de novo na varanda, pensando quando realmente o faria. Se não fosse ao comércio à tarde, era melhor nunca mais voltar. Afonso Bertônio passava por lá nas sextas. Pisquei os olhos, fitei a estrada, a porteira. Sentia a garganta entupida, o pescoço duro. Gritei de raiva. Precisava almoçar, trabalhar. Naquele dia, fiz tudo com a faca no bolso.

No sábado fui à praça. De tanto andar com a lâmina, furou o bolso e arranhou minha perna. Me sentei num banco em frente ao Kibu, coloquei os braços sobre as coxas para esconder a forma pontuda no jeans. Tempo quente, algumas nuvens no céu. Boca seca, a barriga formigava.

Esperava Murilo. Mas quem apareceu, e me notou ao entrar no prédio, foi uma das gêmeas. Acenou, eu olhei para os lados, fingi que não a vi. Não funcionou. Quando levantei o rosto, ela me acenou de novo e começou a cruzar a rua. Xinguei baixo, me ajeitei no banco.

— Nem chega perto!, disse eu, a voz grave, quando ela colocou o primeiro pé na calçada. Parou, pôs as mãos na cintura.

— Como?

— Tenho de resolver um assunto importante. Nem chega perto.

Sorriu, deu alguns passos e se sentou ao meu lado. Me perguntou o que eu ia fazer. Não queria responder, não queria mesmo; assunto de homem. Perguntou de novo, e eu disse que ia quebrar a cara de um filho-da-puta. Ela fitava a calçada, balançava os pés. Pelo canto dos olhos, vi que não tinha se abalado. Se eu ficasse ali sentado, me disse, ia ter de esperar o dia inteiro; não apareceriam tão cedo.

Seus olhos brilhavam, tinha a ponta de um sorriso. Eu não queria perguntar o que faziam, denunciar minha ignorância. Mas não resisti.

— Aonde foram?

— Eu te levo; você vai gostar.

Levantou-se, agarrou meus dedos e me puxou. Quando sentiu minha palma, fez cara feia; virou a mão para ver os arranhões, perguntou como eu tinha me esfolado daquele jeito. Respondi que não era da sua conta. Me puxou de novo e obedeci, esperando que me apertasse com mais força.

Estacionamos na bifurcação da estrada de terra, descemos a pé o trecho que faltava, cortando caminho por uma trilha no capinzal. A alguns metros da represa, nos agachamos, rastejamos mais um pouco entre os arbustos secos. O carro de Murilo estava adiante, embicado na beira.

Ficamos de olho; nada se mexia. Esperamos. A gêmea suspirava, dizia que não sabia o que tinha acontecido.

— Não acredito nisso, me disse, de cócoras; tomava cuidado para não sujar a roupa na terra batida.

De repente, apareceram. Instintivamente me abaixei. Estavam longe, vinham de trás de um barranco à esquerda do carro. Angélica ia na frente. Descalça, os braços pendentes. Seus cabelos balançavam com o vento. Murilo a seguia, as mãos nos bolsos. Conversavam.

Minhas orelhas queimavam. A gêmea gritou excitada, sabia que estariam ali. Pedi que calasse o bico, poderiam ouvir.

— Esses aí não ouvem nada, respondeu, e me fitou. Por um momento, manteve a boca aberta. Olhava a faca de serra firme na minha mão. Nem me lembro como a peguei. Apertei-a com mais força.

— O que você vai fazer?

Continuei quieto. A nossa pequena tensão foi quebrada com o barulho do carro. Me coloquei de joelhos, vi que ganhava movimento e fazia a volta na represa, antes de pegar uma estrada lateral.

A gêmea ficou de pé, e comecei a sussurrar que se abaixasse, era louca?

— Louco é você.

Tentou rir, me deu a mão. Obedeci a contragosto, me levantei também. Pus a faca no bolso, segui-a curvado, mudo.

Retomamos a trilha em silêncio. Eu ia duro, às vezes bufava alto, contrariado. A gêmea, na frente, fingia não perceber os meus lamentos. Pegava um filete de capim, um gravetinho, caminhava tranqüila. Os quadris balançavam, apertados pelo jeans. Tinha os cabelos negros em duas tranças, que rolavam pela camiseta justa.

Cheguei ao carro sem dizer palavra. Ela cantarolava qualquer coisa sem sentido; nunca a vi de boca calada. Parou na porta do passageiro, viu-se no reflexo do vidro, ajeitou a franja. Eu dei a volta, abri o meu lado, me joguei no assento. Abafado, respirei e puxei ar quente. Me inclinei, levantei o pino do passageiro.

A gêmea abriu a porta e recuou com o bafo que a atingiu. Reclamou que estava muito quente para entrar, colocou as mãos na cintura. Resmungou de novo. Como eu não dizia nada, fez bico e se sentou. Manteve a porta aberta.

— Está um forno aqui, falou, deitando no assento e apoiando seus tênis contra o porta-luvas.

Um filete de suor escorria pelo meu rosto. Não respondi; pensei em ligar o rádio, mas sofrer se sofre em silêncio. Cutucava o volante com as unhas, olhava as árvores cobertas de poeira a alguns metros do carro.

Ao meu lado, a gêmea não parava quieta. Coçava-se, virava de lado, suspirava. Por fim, arrancou o tênis e, curvando-se, retirou as meias com impaciência.

Abraçou os joelhos, apoiou os pés no estofado escuro. Tamborilei no volante, não conseguia mais me concentrar nas árvores. Pelo canto dos olhos, percebi os movimentos da gêmea: ela coçava os vãos dos dedos. Tinha os pés pequenos, avermelhados. Percebeu que eu a olhava, perguntou se podia ficar sem sapato.

Disse que sim, olhei para baixo. Vi nas minhas coxas a marca da faca. Levantei o rosto, me virei. Lá estava ela, me encarando. Fitei-a também. Matar a irmã mais nova valia de consolo? Trocar uma pela outra. Só agarrar seu pescoço, segurá-la no assento. Tirar a faca, enfiar na barriga.

Ela respirava fundo. Pela boca entreaberta, eu ouvia o ar passar, com um chiado. Seus olhos escuros estavam direto nos meus. Havia parado de mexer nos pés; suas mãos repousavam no assento.

Senti um formigamento. Estávamos imóveis no carro pelando. Foi a gêmea quem tomou a iniciativa. Virou-se de lado, ainda me cravando os olhos, e esticou uma perna sobre o meu colo. Soltei as mãos da direção e a peguei. Úmidos, meus dedos apertaram sua pele com força.

Me estendeu a outra perna. Seus dedos reviravam a minha camisa, procuravam os vãos entre os botões. Me deram um pouco de aflição, é verdade. Empurrei a calça dela para cima do tornozelo, foi o máximo de espaço que consegui, e passei as mãos na barriga da sua perna.

A gêmea tomou impulso no estofado e se aproximou, agarrando-se no encosto e no painel. Veio com o rosto tombado, fechou os olhos com a boca entreaberta e uma ponta de língua pelos dentes.

Eu não esperava tanto. Ela beijava com força, esfregava os meus cabelos com as unhas. Recuava e, quando voltava, me mordia na boca, na bochecha e no pescoço. Me abraçava até ficar sem força, e me apertava novamente.

— Calma aí, reclamei, escapando de seus beijos. Quem tinha de tomar a atitude era eu, não aquela pirralha. Foi o que fiz; puxei sua camisa para cima, forcei o sutiã para baixo e apertei os seios. A festa começava. Abaixei o banco, puxei-a comigo.

Esforço para tirar a calça; gêmea tombada, com dificuldade de passar o jeans pelo quadril. Ajudei, impaciente, e vi sua pele branca. Calcinha rendada, descosturada nas bordas. Tirei-a também.

Deitei-a em seu assento, e ela precisou desviar o traseiro do freio de mão, acomodou-se como pôde. Afastei suas pernas, avancei uma mão. Arqueou o tronco, colocou os braços ao longo do corpo, rígidos. Levantou o rosto para ver o que eu ia fazer. Talvez tivesse se arrependido de tentar gracinha comigo.

Gritou da primeira vez que a penetrei. Me atirei sobre ela. Quanto mais esforço eu fazia, mais a empurrava para fora. Seus ombros pendiam no ar, pela porta aberta. Agarrei sua nuca, ergui seu rosto à altura do corpo para ver como gemia.

Nada mal; franzia o cenho e, às vezes, fazia cara feia.

— Afinal, você é a Anna Karen ou a Anna Kátia?

Não sei se devia ter feito a pergunta. Voltávamos à cidade, o carro pulava na estrada de terra. A gêmea olhou a paisagem e ficou quieta.

— Hein? Você é a Anna Karen ou a Anna Kátia?

Fez beiço e passou sem jeito as costas da mão sobre os olhos. Cara de birra.

Desde a represa, não tinha falado nada. Colocara a roupa, fungou uma ou duas vezes, calçou os tênis. Continuei deitado no assento reclinado, a braguilha aberta. Quando ela terminou, me ajeitei e dei a partida. A faca, ah... Rasgara de vez a calça. Atirei-a sobre o painel, me virei para dar ré.

A gêmea não falava nada. E que cara fechada ela fez com as minhas perguntas. Uma lágrima passou todo o rosto, desceu o pescoço, secou na gola da camiseta.

O que eu tinha pedido era simples; não custava me dizer. Olhei-a com insistência, perguntei mais uma vez. Ela tinha apoiado o rosto, cobria os olhos com os dedos. Não abriu o bico até chegarmos ao sobrado.

Minha noite se perdeu com rapidez na consciência. Me sentei na cozinha, com a garrafa de cachaça que guardava no armário. Fiquei um bom tempo na mesa, os braços cruzados sobre o tampo. Um terço da bebida foi embora.

Não me lembro realmente de nada. Comecei com umas doses na cozinha, terminei no bar do Alemão, um buraco na entrada da cidade com as paredes de um verde berrante. Estacionei o Opala numa esquina, subi cambaleante. Tocavam pagode, duas ou três baianinhas faziam par na dança. Tomei mais cachaça, apoiado no bar. Não sei quanto foi; quando acordei no dia seguinte, tinham levado minha carteira.

Me agarrei ao balcão para não cair. Quatro caras jogavam cartas numa mesa ao lado e gritavam. Mandei que calassem a boca. Que calassem a boca, repeti. O alemão, dono do pulgueiro, é um albino sem os dentes da frente. O filho-da-puta gargalhava enquanto me jogavam pra fora do bar.

Queria voltar, não conseguia me levantar. Não sei qual foi a ordem dos fatos. Acho que estava com os cotovelos apoiados no asfalto, a cabeça erguida, quando me enfiaram um chute na boca. Microfonia, risadas, e ficou tudo preto.

Acordei atravessado na sarjeta. Abri os olhos, vi pedrinhas, poeira e um dente sobre o calçamento. Meu dente, filhos-da-puta. Muita luz, difícil saber onde estava. Aí vieram as dores. Primeiro, a cabeça; parecia que ia sair do lugar. Depois, o beiço inchado, retalhado por dentro, e o vão da frente. Me deixaram como o albino.

Enjoei, não conseguia ficar de pé. Pensei novamente em Murilo e Angélica, gemi de raiva. Até as mãos raladas tinham voltado a doer. Precisava de ajuda. Com uma série de pensamentos confusos, concluí que a única solução seria recorrer a Reinaldo.

Sabia onde encontrá-lo. A cabeça pulava nos solavancos da estrada de terra, o carro vibrava. No meio do caminho, precisei frear a tempo de abrir a porta e vomitar. Mas não vou entrar em detalhes. O fato é que o sujeito estava lá, na beira da represa, acompanhado de amigos e um punhado de vadias.

Bati a porta do Opala, desci o barranco. De longe, me observavam. O mulato virava lingüiças na churrasqueira enferrujada, calado. Usava um shorts vermelho de nylon, pingava. Assoou o nariz com os dedos, agitou-os, esperou que eu me aproximasse.

Senti receio de estar ali. Quebrou o meu nariz uma vez, a pedido de um cara a quem eu devia grana. Coisa simples. "Não me leva a mal, tô só ajudando um amigo", dissera. Por via das dúvidas, enterrara um murro na boca do estômago, me deixara no chão com o nariz em sangue e uma dor filha-da-puta.

Mas essa era uma situação diferente.

— Naldo, preciso da sua ajuda.

O mulato riu, olhou para a represa. Na água, dois caras e quatro negrinhas. Gritou que eu tinha vindo pedir socorro. Gargalhadas. Um deles atirou água em nossa direção, longe para acertar.

— Que tipo de ajuda?

— Me livrar de um cara.

Não parecia prestar atenção às minhas explicações. Reclamei que eram muitos e eu, sozinho, não podia quebrar os ossos de todos. Deviam estar na praça, seria fácil encontrá-los. Uma das meninas gritou que Naldo voltasse à água. Ele se virou, ainda sorridente, disse que já ia. E voltando-se para mim:

— Quinhentos reais, seu moço.

— Quanto?

— Quinhentos, pelo churrasco que você vai me fazer perder.

É mais fácil prometer o que não se tem. Fechei negócio, depois arrumava a grana. Ele não me deixou em paz.

— Vai ter que pagar agora.

Meu estômago embrulhou. Fico nervoso nesses momentos e gaguejo. Não foi diferente. Reinaldo estava sério. Combinamos que eu arrumaria pelo menos trezentos enquanto davam cabo do cara.

Ouvi sua última ameaça: me quebrava (de novo) se não recebesse o pagamento.

— Arranco esse seu outro pivô, no canivete se for preciso, comentou, apontando para minha boca em frangalhos.

Concordei. Acenou para os amigos, saíram da água e vieram em nossa direção. As negrinhas, abandonadas, começaram a chiar.

— Mulher é foda, resmungou, sorrindo para mim.

Irritaram-se com a minha condução do Opala. Estava nervoso, grudei na traseira de uma picape que seguia vagarosa o caminho. Quando Reinaldo me fitava, eu reduzia a marcha, buzinava, tentava ultrapassar sem sucesso. A estrada era estreita, reclamei. As palavras me saíram truncadas. Não era minha culpa. A poeira grudava em seus rostos, nas camisetas enfiadas com pressa.

Quando alcançamos a avenida principal, me mandaram estacionar e descer do carro.

— Arruma a grana e dá um jeito de nos encontrar no sítio, me falou o mulato. Sorria, o desgraçado. Pensei em retrucar, dizer que não tinha como arrumar o dinheiro tão rápido. Ele bateu a porta.

— Aí a gente libera também o Opalão, continuou, pulando no assento do motorista. Os outros se divertiam com minha cara assustada; pude vê-los pelo vidro empoeirado.

Dei dois passos para trás, enjoado e com dor de cabeça. O filho-da-puta ajeitou o espelhinho, aproximou o banco e pisou fundo no acelerador. Fez que ia sair no arranque, o carro morreu. Se inclinou para dar novamente a partida, risonho. Caipira de merda; ainda me dá medo de pensar o que deve estar fazendo com o meu Opala.

Não sei se devia tê-los perturbado num churrasco de domingo. Vi sumirem pela ladeira, em direção à praça. Pensei em gritar que voltassem. Fiquei com raiva, me sentei nos degraus de um sobrado. Minha respiração estava curta e, de nervoso, dei dois ou três murros na testa. Poderia conversar com as gêmeas, pedir dinheiro emprestado. Afinal o pai era rico e uma delas estava perdida por mim.

Carros passavam, suas peças soltas vibravam ao passar pelas pedras. O barulho me aturdia, acelerei os passos. A dois quarteirões da praça, vi alguém que descia cambaleante, os braços largados ao longo do corpo. De longe o havia reconhecido: era o amigo de Murilo, com o rosto avermelhado. Passou por mim rapidamente e mesmo na calçada oposta pude ouvir sua respiração fora de ritmo. Ainda me virei para ver se não caía pelo caminho.

O que se passou em seguida não vem ao caso. Encontrei a gêmea, esse é o fato, e lhe pedi a grana. Não tinha. Estava séria, fazia cara de choro. Não sabia onde conseguiria os quinhentos reais; ladra não era. Falei que trezentos serviam. Não dava, o pai tinha acordado de especial mau humor. Me perguntou por que eu precisava de tanto dinheiro. Cortei o papo, mandei que então fosse buscar uma porra de remédio. Se não queria me salvar de apanhar até a morte, que pelo menos me aliviasse das dores de cabeça. Afastou-se, assustada com os cortes da minha boca. Seus chinelos estalavam no asfalto.

Até agora, nada de ela voltar. Angélica deve ter acordado, com aquelas suas pontadas, mas o pai proibiu que a mãe ou as irmãs descessem à farmácia. "Vai é ficar no quarto; isso é culpa, é fingimento", disse Afonso Bertônio. Se não podem sair, é capaz que a gêmea não apareça; na família, ninguém contraria as ordens do velho.

Pelo menos espero que uma das mãos de Murilo Toneleiro, a menos ensangüentada, tenha caído inerte na terra. Se o cara morrer nas tardes quentes desse mês de novembro, algum parente dirá que era até possível notar que o seu destino trágico estava definido. Por que foi arranjar confusão com esse tipo de gente? Eu sou esse tipo de gente.

# Olho ruim

Eu me lembro.

Foi como um redemoinho ao redor do Mulatinho quando descobrimos que tinha um olho seco no braço. Corremos à sua volta, gritamos. Mal conseguia se defender, virando no sentido contrário, encolhido sobre a bola de capotão. Gilson gordo deu uma murreta na pelota e ela quicou no solo, deixando seus braços à vista.

— Mostra! Mostra! O que custa!

— Mostra, seu preto!

Tomás era o mais forte; agarrou-o por trás num abraço, deu dois pulos curtos e o Mulatinho gemeu sem fôlego, abriu a boca para respirar. Rafinha puxou seu braço, torceu-o pra ver a ferida; o guri gritou, debateu-se com os pés no ar. Me enfiei no bolo para vê-lo de perto. Tomás desequilibrou, caiu com ele nos braços, e não perdemos tempo: pulamos por cima numa confusão de mãos e pernas.

Chocolate, curvado, tentava acertá-lo com cusparadas, nos atingia. China gritou que parasse com a nojeira, ele não obedecia. Vi tudo — esticou o braço e passou a mão no Mulatinho. Pensei em contar ao meu pai; o Chocolate era veado.

Eu apertava o rosto do moleque contra o chão. Fazia pressão, ouvia sua cuca bater no asfalto. Giuliano arrancou minha mão dali. Senti frio na barriga, me afastei. O cara era foda. No espaço livre que teve, puxou um catarro e mirou no Mulatinho. Bem na orelha!, gritou o Chocolate, e precisou sair dali para dar risada.

Rafinha voltou a segurar seu braço, torcido para trás. Dessa vez dava para ver melhor. Eu ainda estava longe, não sei o que acharam de olho. Um calo brilhante, amarronzado no antebraço. Gilson gordo encostou o dedo e gritou de nojo, se afastou raspando as mãos na calça.

Tomás só o soltou depois de mandar que todo mundo saísse; chutá-lo no chão era maldade. O guri pulou de pé, esfregou a ferida seca e começou a girar as órbitas. Giuliano se aproximou, gritou que ele era uma bichinha, já ia começar a chorar. Mulatinho fez beiço, esfregou os olhos. Um joelho sangrava.

— Vai chorar pra mamãe, aborto da natureza!

Era a primeira vez que aparecia em nosso campo. Ficara um tempo de lado, ninguém o chamou para jogar. Deu passe quando a bola pingou no seu pé. Deu outro, entrou para receber. Tímido, ainda. Não fosse o Gilson gordo perguntar horrorizado o que era aquele calo.

Recusou-se a responder. Puxou a bola para si, mudo, ensaiou umas embaixadas. Nós o cercamos, Mulatinho agarrou como pôde a pelota para se proteger. Foi isso.

Voltou chorando pelo mesmo caminho, a gente ria que era uma beleza. China encontrou uma lata vazia na sarjeta, atirou-a no guri. O som do metal quicando contra o asfalto, quase o acertou.

O jogo terminou. Não parávamos de pensar no calombo.

— Como fez aquilo?

— Os pais também devem ter.

— Enxerga com o braço?

Nem adiantava voltar. Tentou uma vez, e a gente lançou o que viu na frente, saiu correndo para pegá-lo de porrada. Giuliano avisou: se o agarrava, não dava perdão. Perto de um gol, montamos o arsenal anti-Mulatinho. Pedrinhas, chiclete velho, insetos mortos. Chocolate e China chegaram a guardar bexiga com mijo, mas Tomás dissera que tudo tinha limite.

O irmão mais novo do Mulatinho não tinha o mesmo olho, mas não escapou. Passou ali perto na volta da escola e Rafinha o empurrou, roubou sua mochila. Demos risada, o moleque tentou invocar; pretinho raivoso, aquele. Veio em nossa direção girando os braços, baba no queixo. Acertamos tapas e cuspes, espalhamos seus cadernos pelo chão. O estojo, o Giuliano atirou num telhado.

— Pode vir. Se você ganhar de mim na briga eu pego de volta, disse.

Esperou na sua frente, mãos na cintura. O moleque abaixou os olhos, saiu chorando como o irmão, arrastando pela alça o que conseguira recolher. “Olha o pai do mameluco!”, e a gente saiu correndo. Rafinha veio com esse novo nome, não entendemos o que era, gostamos.

O Giuliano era foda. Contou que ele e o China haviam passado bosta na maçaneta do carro do Mulatinho. Um Fusca caramelo que o pai usava às vezes. Não duvido. Caímos de rir, a barriga doía de imaginar quem abriria a porta. A mãe não seria, era empregadinha e não sabia dirigir.

Quando o pai não estava, a gente se escondia num terreno em frente à sua casa.

— Preto humilhado!

— Filho da faxina! Olhudo!

Não apareceu mais. A gente já tinha até se esquecido do guri. Foi o Giuliano e o China que se lembraram, antes do futebol. Quando contaram a idéia, minha barriga formigou, não conseguia ficar parado. Ri, me levantei, sentei. Fomos à esquina da casa do moleque; sabiam que chegava um pouco mais tarde da escola.

Voltava ao lado do irmão, conversavam. Lembro-me dos seus olhos arregalados quando pulamos de trás dos carros e os surpreendemos.

Com o menor foi fácil; Gilson e Rafinha o prenderam pelos braços. Nós cuidamos do Mulatinho. Havia pouca gente para segurá-lo, Giuliano pediu a minha ajuda.

Barriga voltou a formigar, quem sabe eu não começava a ser respeitado.

Obedeci na mesma hora, segurei uma de suas pernas; China tinha a outra. Chocolate e Tomás o pegaram pelo tronco e braços, erguendo-o no ar. Giuliano o guiava, apertando sua cabeça. O guri gritava, desafinou quando enfiamos o meio de suas pernas contra um poste. Fizemos isso outra vez antes de atirá-lo ao chão, assustados com seus berros. Saímos correndo. Imaginei que alguém me seguia, só fui parar na frente de casa.

Nunca consegui enganar minha mãe. Nesse dia, a coitada não entendia por que eu ficava pálido cada vez que ela entrava no quarto. Medo de ser descoberto; era brava. Pensou que eu tivesse um começo de gripe, trouxe um copo de chocolate batido, cachorro-quente no mesmo pacote dos carrinhos de rua. Eu não tinha perdido a fome.

Me enrolei nos deveres, pensava na vida. Estava no quarto no começo da noite quando papai escancarou a porta. Aí sim, gelei. Ainda me lembro, um quê de mal-estar. O senhor vem comigo, disse ele, a voz decidida. Obedeci sem dizer palavra.

Desci na frente. No meio da escada, vi o pai do Mulatinho, cerimonioso, na porta de entrada. As pernas ficaram bambas, o sanduíche e o achocolatado quiseram escapar. Sentada, mamãe comprimia os lábios, olhos fixos em mim.

Primeiro, afirmei que não sabia de nada. Não sei se me entendiam, os lábios tremiam. Depois admiti o que acontecera, mas não tinha tomado parte naquilo. Ou que só vira, de longe. Não surtiu efeito; haviam me dedurado. Tive medo, a voz trêmula, comentei que a culpa era do China e do... Gilson, o Gilson gordo. Incriminar o Giuliano... Eu não era louco. Forcei o choro, esfreguei os olhos. Suspirei, também.

Mamãe ficou histérica, levantou-se berrando. A gente quase tinha matado o guri, e fingimento... Não admitia. Me encolhi antes de receber os tapas. Bateu na minha cabeça, deve ter machucado a mão. Acertou minhas costelas, a bunda. Ardeu.

Recuei para a cozinha. Aí sim, chorava. Comecei com força, a baba escorrendo. Apanhar assim, na frente de um preto. Minha mãe gritava feito louca. Hoje percebo: tentava impressionar a visita.

Ficar assim nas lembranças.

Sacudi a cabeça. O sol batia na nuca e começava a me aquecer; dificultava que saísse do torpor.

Sentado num banco do Ibirapuera, o céu azul. Em dia de semana, praticamente vazio. Tinha as mãos nos bolsos, arrastava devagar meus pés pelo concreto da calçada. Sob o casaco, um terno que havia comprado recentemente. Imaginara que dessa vez me manteria por mais tempo no trabalho. Bobagem.

Pensava em todas as respostas que poderia ter dado àquela mulherzinha, Maristela Porto, minha chefe direta. As tiradas inteligentes, mesmo as saídas mais grosseiras me vinham agora na cabeça. Mas não. Enquanto me esfolava vivo em sua sala, com o cuidado de manter a porta aberta para os outros, eu sentia apenas a boca seca, e a intervalos pedia mil desculpas. Uma bobagem de atraso no cronograma que, teoricamente, não era falha minha. Mas ela era assim; comprida, as canelas grossas. Andava como uma criança e tinha especial afeição em se vestir mal.

Eu já voltava a ficar ansioso, a respiração curta, quando o moleque reapareceu correndo na minha frente. Me fixei à atadura que levava no braço: na mesma altura que o olho seco do Mulatinho. Por sinal, eram parecidos. Cabelo ruim, a pele parda.

Passou desequilibrado, o rosto virado para ver se o avião de isopor, na ponta do fio, levantava vôo. Tropeçou numa raiz, caiu de qualquer jeito na terra; o planador bateu de bico e rachou. Sorri, por um segundo me esqueci do trabalho.

Continuou estirado, o rosto enterrado no chão. Depois rolou sobre a terra, encardindo mais a camiseta. Respirava fundo, ergueu o pescoço. Tinha os olhos úmidos, começou a chorar quando viu o brinquedo quebrado. Essa eu sabia: a melhor maneira de ganhar um outro. A atadura contornava seu braço, imunda. Voltou a enfiar a cara na terra, gritava entre os soluços. Criancinha nervosa; tentei encontrar seu pais entre as árvores.

O sol batia com mais força e, numa primeira brisa, senti o cheiro de comida podre do lago. Me virei ao ouvir os gritos de mulher, provavelmente a mãe. Surgiu em passinhos apressados, ordenava que parasse de se arrastar como um bicho. Levantou-se, atordoado, e puxou pelo barbante a metade do avião.

Mulata de quadris largos, calça *fuseau* e chinelo. Vestia camisa florida que devia ter sido da patroa. Tirou um lenço da bolsa e o esfregou com força na testa, nas bochechas da criança. Recuando o rosto a cada investida, ele repetia as mesmas frases: tinha se machucado, queria outro avião.

Continuei sentado. Claro que não ia perguntar do pai. Conversar com essa gente é difícil, elas ficam desconfiadas, não sabem falar direito. Vi as horas no relógio de pulso. Talvez fosse melhor voltar ao trabalho, antes que minhas chances de demissão aumentassem.

A mulher enfiou o planador na bolsa, ouvi o barulho do isopor se partindo. Em seguida, deu a mão ao menino, vieram em minha direção. Dizia qualquer coisa sobre estar atrasada, de não gostar que ele sumisse assim. Não prestei atenção. Quando passaram, fechei os olhos para sentir o perfume que vinha na esteira.

Enjoativo, me fez reclinar sobre o banco e abrir um sorriso. Apoiei a cabeça, recebi o sol na face. Perfume de doméstica. Era bom mesmo que não ficasse de bobeira; a patroa podia não gostar.

# As dores da princesa

Eu, Marcelo Ferroni, paulistano de nascença, prometo narrar tal como ouvi uma história que me foi passada há pouco. Moro em um país afastado, de terceiro mundo, mas o que digo aqui nunca foi divulgado. Meu testemunho pretende esclarecer os pontos obscuros sobre a morte de uma loira, princesa Diana.

Soube de conversa que não dera importância a princípio; enfim, nunca fui bom jornalista. Mesmo agora, não transcrevi o material e nem chequei os dados. Mas vá lá, não podia deixar de contar a grande história da minha vida. Afinal, muito do que Felício Montanha confidenciou ainda está fresco na cabeça.

## Conversa de bar

Uma coisa ao menos eu fiz: marcar o encontro. Foi num lugar de minha escolha, não muito caro (a cerveja gelada). Saleta de tijolo aparente e pouca luz, vizinho do cemitério São Paulo. Pensava em pagar a conta se o encontro rendesse. A garçonete arrumou uma mesa de canto, depois de uma espera sem assunto; o que eu podia dizer a um ex-guarda-costas? Tempo, trânsito, hora da morte.

Felício Montanha tinha as têmporas grisalhas, um pouco acima do peso, mesmo para o seu porte. A pólo aberta deixava à mostra o peito peludo. Seus olhos eram pequenos, escuros. Fomos à mesa, vi que mancava. Talvez isso o tivesse tirado da ativa.

Pedi logo uma cerveja.

Como cheguei a encontrá-lo? Amigo meu o conhecia de uma academia na Lapa. Felício queria falar, pediu alguém de confiança. Eu fui o indicado, vejam só. Não precisei nem telefonar; foi ele quem me ligou, numa tarde em que eu fazia, bem, não fazia nada.

O homem queria encontro discreto. Sentado ali, batia as mãos nos joelhos, olhava ao redor em dúvida. Muita gente, lugar ruidoso. Tomava sua cerveja em grandes goles, estalando a língua. Atrás de mim, cinco garotas conversavam, aos gritos. Cada vez que a garçonete passava, me acertava um esbarrão.

Vi que estava incomodado, resolvi agir rápido. Menina passou, pedi o cardápio plastificado, disse a ele que a noite era por minha conta. Felício tentou sorrir, se acomodou na cadeira. Insisti, podia pedir o que quisesse. Passou os dedos pela lista dos coquetéis, lia atentamente. Quis uma caipirinha. Ainda ofereci (e me arrependo agora) se não seria de vodca, vodca importada. Gostou, coisa boa nem sempre se bebia, pediu também uma para mim. Esfregou as mãos, examinou o corpo franzino da garçonete que se afastava. Meneou a cabeça.

— É aqui que você vem sempre, é?

Respondi que sim, sorriso amarelado. Continuou.

— E só dá varapau? Ah, alemão, tem que ver aonde eu vou, o que já fiz.

Me defender como? Procurei rir. Eu nunca tinha, bem... feito como ele, coisa com a princesa.

A primeira caipirinha não bastou para o amolecer, pedimos outra. No começo, tentei apressá-lo com perguntas. Nada; não conseguia deixá-lo à vontade. Isso foi tarefa da bebida. Felício Montanha olhava por cima dos meus ombros, sorria de canto. Percebi que fazia contato com as garotas de trás. Me virei para vê-las, não se interessaram por mim. Voltei a me ajeitar na cadeira, e ele disse.

— Qualquer mulher dá ensopado. É só chegar com jeito que elas dão até o rabo.

## Que tipo de ensopado era a princesa

— Esse povo fica falando que a dama era fina, quieta. Diz quem não a conhecia bem. Já viu ela na TV? Pura, como a Madre Teresa. Santa como a Madre Teresa, era não? Ah, alemão... Uma santa, era não?

Concordei.

— Então ouve a minha história. E publica tudo, que cansei de ficar quieto.

Cutucou os limões da caipirinha, me viu atrapalhado, arrumando o gravador sobre a mesa. Ficou quieto, atento ao aparelho. Perguntou por fim se estava gravando e começou.

— Era uma época de ouro. De ouro. A gente saltava do carro, terno sob medida e gravata de seda, a mulherada ficava louca para dar. Rapaz, os carros... Só os mais potentes. A gente sabia das coisas; tinha preparação com os israelenses. Direção defensiva, tiro, artes marciais... Nada disso dá para esquecer. Se eu quiser, agora mesmo te arranco dessa mesa e te imobilizo com um mata-leão. Você não vai nem notar e já está no chão. Hein?

Respondi que não, obrigado. Felício prosseguiu.

— Naquele tempo, o Capenás era o meu parceiro. Um negão azul que dava medo. À noite, a gente só via os olhos do filho-da-puta. E feio. Alemão, como ele era feio. O pai, quando o viu, saiu correndo da maternidade. Foi a mãe quem o chamou pela primeira vez de capeta-satanás, nem bem tinha desmamado.

"A gente era dos melhores. Vinha gringo e o comando nos chamava. Até umas aulas de inglês eles deram, mesmo hoje eu me lembro de alguma coisa. O Capenás ficava no volante, guiava bem para cacete e era valente; corria a história que já tinha apagado um cara, briga de rua. Não sou muito disso de sentimento, mas às vezes me lembro daquele preto. Fico pensando, de repente, se a gente ainda trabalhasse junto..."

## NO MEIO DE TANTO BREU, UMA LOIRA

— Mas eu ia falar da princesa, não ia? A gente não tinha acompanhado a sua chegada a São Paulo, nem as visitas que fez no primeiro dia. Creche, asilo com velho esclerosado, não sei. Uns colegas nossos estavam na cola. Para onde ela ia, levava também seus chucrutes. A gente tentava trabalhar junto, mas era difícil, os caras se achavam os bons. Arrogância de gringo. Eu e o Capenás estávamos na reserva, no que eles chamam de "grupo de contingência". Isso, escreve aí: con-tin-gência. Cargo para quem é de confiança.

"Era quase meia-noite quando nos chamaram. Coisa suspeita: parar o carro nos fundos do hotel, ficar de prontidão. Não falaram quem vinha; só que era para obedecer as ordens da comitiva, calar o bico. Comunicação com o comando, o mínimo possível. Era o medo, né? Medo que um jornalista filho-da-puta ouvisse a freqüência. Não que eu tenha algo contra você, muito pelo contrário..."

Respondi que tudo bem. Felício continuou.

— Ficamos meia hora ali. Enquanto isso, na frente do hotel, usaram uma isca. Sabe o que é isso? Uma loira saiu de carro com os seguranças pela porta principal, tapear fotógrafo. Os caras saíram atrás, deram giro pela cidade, achando que iam ver alguma coisa. Tomaram no rabo.

"Eu esticava as pernas quando veio o movimento da cozinha. Quatro caras saíram, se espalharam antes de aparecer uma mulher apressada. Ouvi os saltos batendo no chão, fitei-a. Abri a porta, pulou para dentro. Vinha acompanhada de um chucrute que me encarou antes de entrar no banco da frente. Eu devia ter falado 'ninguém me mede, gringo corno', mas deixei barato.

"A mulher... achei que fosse amiga da princesa. A Lady Di era loira, não uma morena descabelada de óculos escuros. Só quando ajeitou o penteado, e o cabelo todo se mexeu sobre a cabeça, que percebi: era peruca.

"O gringo se virou ao Capenás e fez sinal que arrancasse com o carro."

## A PERUCA DA VIZINHA

— Como era a princesa?

— Não disse? Usava peruca.

Pedi que contasse mais.

— Estava contrariada. Fez que ia tirar o disfarce, o gringo a impediu. Conversaram em inglês, ela fechou a cara. Estava odiando estragar o penteado. Como eu sei? As mulheres ligam para isso, até minha patroa. Ajeitava a peruca, erguia a base para ventilar o cabelo.

"Usava um tubinho branco, a pele rosa. Cruzava as pernas, o vestido subia e aparecia um pedaço de carne.

Coxa enorme, de atleta. Como? Como assim? Rapaz, não sou de ficar reparando nisso não... Claro que tinha celulite. Claro. Para mim não é problema. Só mulher e veadinho se preocupam com celulite.

"No banco da frente... Era o Patrique. Demorei a entender o nome. Ele repetia, se virava para me olhar. 'Ah, então é Patrique...' A princesa tinha enrugado a testa, sem paciência. O cara também. Almofadinha, cabelo armado, lenço no bolso do paletó. Só depois me disseram: secretário da princesa. Braço direito..."

— Patrick?, perguntei, anotando seu nome num guardanapo.

— Pois é, Patrique, "Patrick", o diabo que o carregue. Tinha um livro de frases em português, não era muito esperto. Se enrolava nas palavras, mesmo com as mais simples. Não percebi que tentava falar com a gente, precisou fazer mímica para chamar nossa atenção. Dançava no banco da frente, o carro sacudia.

"'Ih, Montanha, o cara tá querendo conhecer umas mulatas...'

"A gente riu, o negão cruzou a Paulista, para a região da Vila Olímpia. A princesa ia muda. Jogou os óculos no assento, esfregou o rosto.

"O trânsito parou na Franz Schubert; meia hora no mesmo quarteirão. Picape do lado com som alto, *playboys* de gel no cabelo. Fila dupla também. Se eu não estivesse de serviço, furava os pneus dos filhos-da-puta. A princesa fechou a cara. Era bem diferente do que na tevê. Ao vivo não tinha jeito de peixe morto. Bufava, fazia bico... olha, não põe isso na matéria, hein? Se a patroa sabe que falo de outra mulher, vira bicho."

Concordei com um aceno de cabeça, ri. Não, ninguém saberia. Felício continuou.

— A coisa piorou quando chegamos no tal lugar. O Capenás achava que a princesa ia gostar; já tinha escoltado uns filhinhos de político até lá. Mas não. Rapaz, ela fez cara feia, começou a falar com o Patrique. O sujeito nos fitou, coisa boa não era. Tentavam evitar publicidade, era isso. A mulher tinha ficado puta.

## Queria entornar um goró

Felício Montanha espremeu os limões, bebeu o que faltava. Outra rodada?

— Outra, rapaz, e coisa para beliscar.

Pedi mais duas caipirinhas e calabresa acebolada.

— A princesa queria mesmo era birita. Patrique fazia gestos para sairmos dali, tinha muita gente. Desviamos do trânsito, voltamos a rodar a cidade.

"— *Stop!*, gritou o cara quando passamos por um 24 horas. 'Ah, o cabra é dos nossos', disse o Capenás, sorriso que parecia um holofote no escuro. Embicou o carro, o Patrique saiu impaciente, bateu a porta. Era ruim ficar ali, debaixo da luz, com uma princesa para proteger. Meia dúzia de moleques nos olhavam, sentados na mureta do posto. Tentavam descobrir quem era o peixe graúdo por trás da janela fumê.

"O gringo demorou. Pelo vidro a gente via ele parado na fila do caixa. Capenás não tinha desligado o motor, batucava no volante. Eu estava na espreita, atento aos movimentos. Devia ter saído do carro; falha minha. Mas achei difícil deixar a princesa. Com o canto dos olhos, a observava. Vontade de arrumar a peruca.

"Patrique voltou com duas sacolas cheias, até os moleques ficaram impressionados. A princesa, pelo jeito, queria variedade. Tinha garrafa de uísque, uma de gim, latas de água tônica... Ele jogou as sacolas para mim, fui tirando o carregamento. Muita coisa. Cerveja gelada, limões, copos de plástico. Um saco de gelo, que coloquei debaixo do pé.

"Era mesmo muita coisa, e fiquei encucado. O comando confiava na gente; pensei se não era hora de entrar em contato, mesmo correndo o risco. Mas desisti. Só falei 'Capenás, meu velho, a princesa quer torcer a rabiroca'.

"O negão deu ré, sorrindo, e a Diana se debruçou por cima de mim para bisbilhotar nas sacolas. Não abaixei o rosto, com receio que o Patrique implicasse; só ouvia o barulho do saco plástico sendo revirado. Ela levantou o uísque para ver a marca: Johnnie Walker do rótulo preto, coisa boa. Achou as cervejas, tirou uma e voltou ao seu lugar. As latinhas deviam ter sacudido no caminho. Quando ela abriu, espirrou no vestido.

"A mulher nem ligou. Deu umas goladas, suspirou e afundou no banco. Olhou para mim e sorriu, mais tranqüila."

Felício falava alto, acomodado na cadeira de metal. Atrás de mim, o ruído das garotas diminuíra. Me virei, uma delas demorou a desviar os olhos. Estavam atentas. A garçonete, apoiada no balcão, também virou o rosto quando a vi. A conversa chegaria até ela? Pensei na minha pobre matéria. Lá se ia a exclusividade.

## O FURO ESTÁ PERDIDO

— A gente subia a Rebouças e estava perto da Consolação quando a princesa terminou a latinha e relaxou de vez. Começou a falar um inglês enrolado comigo, que rapaz, eu só ia concordando com sorriso na boca.

"Mas tinha algo errado. Da terceira vez que repetiu a mesma coisa, percebi que não estava falando do tempo, ou de como a vida era boa na Inglaterra. Fazia uma pergunta. Não era para concordar, e sim responder. O Patrique me olhava com cara de riso, fiquei puto. Se estava tirando um barato, a gente podia resolver isso lá fora."

— O que eles diziam?

— Patrique estalava os dedos, fazia que ia dançar e nos olhava. Seu cabelo armado nem balançava; parecia o da princesa. Num farol o Capenás se virou para mim, na dúvida. "Montanha, o irmão quer mesmo umas mulatas, não está brincando."

— Mas e a princesa?, perguntei, incrédulo.

— Ué, alemão, o que eu ia fazer? Gringo acha que no Brasil só da samba e putaria. Queriam conhecer a negrada, tomar uns tragos típicos. Sem jornalista por perto, aí como você.

Tomou um gole, prosseguiu.

— O Capenás sabe tudo de gafieira, perguntei onde tinha uma naquela hora da noite. Pensou, ficou na dúvida, admitiu que não fazia idéia. Incompetente do caralho... Se não fosse por mim... Salvei a pátria. A gente estava na Consolação, perto do centro. Numa quebrada, mandei o negão virar à direita e pegar a Augusta.

"Entendeu a minha idéia, comentou que era roubada. Tentei acalmá-lo, disse 'Relaxa, companheiro, a princesa está de peruca'. Me debrucei no banco da frente para apontar o caminho. Ele tentava levar prosa com o Patrique, que as coisas podiam ficar perigosas. Mas não sabia nada de inglês: falava que a gente ia num lugar dânjerous, dânjerous. O gringo tinha uma cerveja na mão, o fitava sem entender.

"Eu lá, apoiado no banco, dando ordem ao Capenás... E não é que a princesa pegou no meu cangote e me puxou de volta? Mulherão forte, rapaz... Abriu uma latinha para mim, nem falou nada."

— Você bebeu?, perguntei, de olho no gravador. Queria registrar tudo.

— Acabei bebendo, acabei bebendo sim... Olha, acho melhor eu ver a matéria depois de pronta. Senão você vai dizer que a gente foi num puteiro, que eu estava bêbado... Não pode.

— Vocês foram num puteiro?

— Porra, deixa eu terminar a história, alemão...

Cruzou as pernas, prosseguiu.

— Onde eu estava? Ah, na bebida... A cerveja acabou com rapidez. A princesa apontou para o saco de gelo, bati o pé para quebrar em pedaços pequenos. Ela abriu o uísque, cheirou o gargalo e encheu um copo. Me pediu gelo, deu o drinque ao Capenás. Você acredita que o negão recusou? Pois é, recusou. Tinha ficado sério. Perguntei qual era o problema, ele começou com uma história de que preferia não beber, a gente estava de serviço... Fiquei até sem jeito, sabe? A Diana não gostou, empurrou o copo com força e deu um banho no negão. Como ele ficou nervoso...

"Ela não desistiu. Encheu outro, deu de novo. Eu falava 'porra, Capenás, aceita o que a moça tá te oferecendo... Bebe devagar, mas não recusa...'. Pegou a contragosto. Você já viu beiço de preto emburrado? O dele chegava quase na testa. Pois é. O mundo tinha ficado de ponta-cabeça. O Capenás, recusando um trago?

"A rainha — quero dizer, a princesa — me deu também um copo. Sua alteza me servia; fiquei convencido. Matei a cerveja, atirei a latinha no chão e aceitei o uísque. Ela sorriu para mim, de um jeito diferente. Com malícia, sabe."

## ROLOU UM SENTIMENTO, TEM DE RESPEITAR

— Percebi que a coisa ia ficar boa para o meu lado. Apoiei o saco plástico nas coxas e cortei os limões. Eu tinha um canivete suíço, foi a primeira vez que usei aquela merda. A gente estava de novo no trânsito, mas a Diana não ligava. O Patrique tinha sintonizado uma FM com chiado, conversavam em inglês.

"No fim da Augusta o Capenás cruzou à esquerda. Sei que o filho-da-puta invejava a minha idéia. Paramos na frente da casa de espetáculos em formato de castelo. Sabe qual é? As paredes imitavam as de pedra; para ficar mais parecido, colocaram bonecos vestidos de guerreiro escalando as torres. Eu tinha pensado bem, não há como negar. Princesa, castelinho...

"Mas a Diana fechou de novo a cara. Muita gente na frente... Não sei... Acho que se confundiu, pensou que os tiozinhos que saíam do teatro ao lado eram os fregueses do castelo. Sabe, com malha nas costas para não tomar friagem. O Patrique balançava a cabeça, e dessa vez entendi o que disse.

"'O horror... O horror...'

"Tentei explicar que aquilo era veadagem de teatro, que o lance bom rolava do lado, mas não me entenderam. Com um sinalzinho de mão, o chucrute mandou a gente sair dali. Inglês metido, filho-da-puta. Não lhe dei um murro porque a bebida me deixara mais tranqüilo. A Diana preparava o gim-tônica.

"Calado, o negão pegou umas quebradas, caiu na Amaral Gurgel, entrou na Major Sertório. 'Se querem coisa de verdade, a gente leva', disse ele."

— Onde vocês foram?

— Ô, alemão, deixa eu terminar...

Bagaço de limão em nossos copos. A garçonete deixou o balcão, foi até a mesa perguntar se queríamos outra rodada. Felício disse que sim. Atrás de mim, as garotas faziam silêncio.

— A gente entrou no *My Love*, me lembro até hoje. Foi a Diana que escolheu, apontando com o dedo. Acho que gostou do nome. O negão estava agitado. Me perguntou se a gente não devia abrir exceção e falar com o comando. Fiquei na dúvida. Não podia bobear. Aquela era a minha chance de transar com uma princesa; só precisava de tempo. Disse "deixa, Capenás, eu me responsabilizo".

## Tem sexo explícito?

— Capenás embicou o carro, abriu o vidro. Trocou uma idéia com o porteiro, um mulato gordo de paletó vinho. Nessa hora, os irmãos se entendem. A Diana se debruçou por cima de mim, queria ouvir a conversa. Às vezes repetia uma palavra, ria. Eu estava reto no assento, a observava deitada. Dava para ver que estava bêbada: a ponta do nariz tinha ficado vermelha.

"O negão queria saber como era o esquema. Perguntou ao mulato se tinha sexo explícito, e a princesa repetiu:

"'Eisplícito.'

"Capenás nos olhou, em dúvida. A princesa conversou com o Patrique, ele mandou a gente entrar. Eu ri, sabe como é. Cerveja, uísque, gim... Queria me divertir mais um pouco, arrancar a calcinha da Diana. O bom seria vê-la loira, com cabelo vistoso. Disse que a gente precisava arrumar a peruca, meti os dedos.

"Mas o Patrique cismou, bateu na minha mão. Não sei por que fiquei quieto; devia ter enfiado um chute no filho-da-puta. 'Deixa o gringo', disse o Capenás, ao ver que eu não estava de brincadeira. 'Acerta as contas, se quiser, mas antes devolve a princesa'.

"Aceitei, fiquei na minha. Saímos do carro, passamos por duas putas que fumavam apoiadas no batente da entrada. O negão olhava para os lados, nervoso. Nunca tinha visto o Capenás daquele jeito. Molhamos a mão do caixa, um veadinho de cabelo descolorido, e ele nos colocou numa mesa de canto. Lugar escuro, com luzes vermelhas e muito espelho. A princesa estaria segura ali. O garçom não falava inglês, Patrique teve dificuldade para pedir uísque. Não ajudei, nem disse que devia ser paraguaio; queria que tivesse uma dor de cabeça do cacete no dia seguinte. O problema foi que pediu quatro doses, para nos agradar."

— Pelo menos pagou a rodada, eu disse. Felício me olhou, respirou fundo; não se deu ao trabalho de responder.

— A Diana se sentou ao meu lado, tomou uma talagada logo que a bebida chegou. A gente estava de frente para o palco, e nessa hora eu me lembro: uma morena baixinha, de vestido longo, desenrolava as luvas e dublava "Como uma Deusa", daquela cantora...

— Rosana?

— Isso. Ah, alemão... Vi a morena, tenho certeza de que me encarou de volta. Até me esqueci da princesa. No meio de tanta mulher, estava de pau duro.

## NA GUERRA, URUBU É FRANGO...

— A Diana batucava na mesa, fora de ritmo. Gringo é foda, não tem coordenação. No tablado, a morena rebolava; de costas, abriu sem pressa o zíper do vestido. Fiquei com a boca seca, tomei o uísque falsificado. Havia outras dando sopa. Na nossa frente passou uma preta de fio dental prateado. Olhei o Capenás: o filho-da-puta suava.

## ...E QUALQUER BURACO É TRINCHEIRA

— E a princesa?

— Ficou incomodada que a gente não dava mais atenção. Até o Patrique olhava as mulheres, com cara de nojo. Para mim, o inglês era veado.

"A morena ficou peladinha; tinha os pêlos da boceta raspados, pareciam um bigode. Rolou pelo tablado acarpetado, parou numa beirada e dublou deitada o final da canção. De tanto se esfregar no chão, ficou com o corpo cheio de sujeirinhas.

"Se levantou no final da atuação, catou o vestido e sumiu por uma porta. Tivemos de esperar quinze minutos até a próxima atração. Doze ou treze putas congestionaram o palquinho, dançando. Faltava animação. Duas conversavam, uma japonesa de coxa grossa mascava chiclete, a negra de fio dental mal se mexia. Achei que não ia sair daquilo. Graças a Deus a situação mudou; ouvimos uma campainha, e a voz no alto-falante: 'Tirem a roupa'. Uma soltou o sutiã, outra abaixou a calcinha até o joelho. Continuaram dançando, conversando, mascando chiclete...

"A coisa não esquentou mais que isso, uma bosta. Me virei sem paciência, reparei que a Diana estava muda, boca enrugada. Me olhou, procurou sorrir. Nem isso conseguia, de tão bêbada. Aí eu pensei: 'Porra, não dá para trocar a princesa por uma baranga'. Ri de volta, passei a mão naquele braço peludo. Ela abriu a boca, me fitou devagar... Com mulher a gente tem de ser assim. Finge que não quer nada, depois faz um chamego..."

Tomou mais um gole, prosseguiu.

— Não ficamos muito tempo no lugar. Foi bom, que eu estava a ponto de fazer bobagem; enfiar a mão na sua calcinha. Queria comer a mulher ali mesmo. Mas o Capenás estava nervoso; ficava de pé, botava a mão por baixo do paletó. De olho em tudo.

## Suava mais que tampa de marmita

— Veio finalmente me dizer que achava perigoso continuar no *My Love*. Concordei. Não ia ser tão mal ficar com a princesa no banco de trás do automóvel. Convencer o gringo foi fácil. O negão grudou no seu ouvido, falou o que sabia de inglês: "Dânjer, journalista, journalista, very lots de journalista ali naquela mesa". Preto filho-da-puta; sempre dava um jeito de ser compreendido.

Felício ficou em silêncio. Em dois goles, lá se ia outra caipirinha. Aproveitei sua pausa e olhei o gravador: a fita acabara. Não sabia o quanto tinha perdido da conversa. A garçonete veio com mais dois copos, fiz menção de recusar.

— É por conta da casa, nos disse com um sorriso. Desgraçada, queria ouvir a história até o fim. Felício agradeceu com um "obrigado, meu amor". Quando retomou o relato, tinha a voz pastosa.

— Nunca contei essas coisas antes. Depois o governo me processa... Bom, foda-se o governo, foda-se a família real. O chucrute saiu do *My Love* empurrando a Diana, pôs as mãos na sua bunda para enfiá-la no carro. Aquele não era jeito de tratar uma dama; ela caiu no assento como um saco de batata. Até tentou se erguer para reclamar, mas estava mole de bêbada.

"Mandei o gringo maneirar e entrei no carro. A mulher não tinha ligado a mínima, você acredita? Me arrumei, fechei a porta e a fitei. Ela passou um braço em mim, me deu um beijo lento na bochecha. Ria de um jeito... Pensei: 'Essa não tem mais volta'. Segurei sua cintura, bem firme, e ri confiante. Fui chegando para dar uns amassos, mas com mulher é complicado. A Diana ainda estava esperta, saiu do meu abraço e tirou com jeito a minha mão, enfiada nas suas coxas.

"Ela se largou no assento, soltou um suspiro. E aí você não acredita: pulou com o olho arregalado, uma energia que não sei de onde veio, e gritou que queria ver o mar. O mar!

"O Capenás me olhou pelo retrovisor. O mar? A gente explicou que não estava no Rio de Janeiro; praia de Paulista é o rio Tietê. Até o Patrique tentava convencer a princesa. Não tinha jeito; insistia em ver o mar.

"Sugeri ao Capenás: 'Ué, meu velho. Se ela quer ir, por que a gente não leva?'. O negão ficou louco da vida. Me chamou de urubu branco, disse que eu queria aproveitar o passeio, enquanto ele trabalhava. Para mim, era inveja do filho-da-puta.

"Até hoje não acredito que fomos. Colocamos um som alto, o Capenás pegou a Anchieta. A gente não tinha praia na cidade, mas conhecia Santos."

## UM QUILO DE FARINHA, PRA FAZER FAROFA

— Nem bem caímos na estrada, o Patrique pegou do paletó um tubo de filme fotográfico. Que filme, porra nenhuma. Abriu a tampinha cinza, tirou um fumo prensado. No outro bolso, tinha a seda.

"O carro sacudia, demorou até enrolar o baseado. Acendeu, deu umas tragadas. O Capenás ficou incomodado, abriu a janela. Não falava mais nada. Eu puxava assunto, nem assim respondia.

"A princesa dançava pagode.* Recebeu o baseado, deu três pegas, segurou a fumaça. Reparou que eu a fitava, me chamou para perto. Me abraçou devagar, deu um beijo. Abri a boca, ela assoprou a fumaça para mim. Não perdi tempo, soprei de volta o que restava; de quebra, enfiei a língua.

"Pus a mão por baixo do vestido, apertei a barriga, meti os dedos na calcinha. Eu só não podia fechar o olho, que enjoava. Não me lembro direito do que aconteceu na viagem. Sei que estava difícil de comer a mulher. A todo momento ela se afastava, pedia alguma coisa. A gente fumou, bebeu mais gim-tônica. O assoalho era uma poça d'água, o assento estava grudento. A princesa enrolava a língua, dava cuspidinhas no chão para não vomi-

*Antes de coletar o depoimento de Felício Montanha, pensei que Diana só gostasse de Duran Duran. (N. do A.)

tar. Na serra, deitou-se no estofado, tentou se ajeitar. Mas era comprida, não tinha onde colocar as pernas. Abriu as coxas, o vestido subiu até o umbigo. Antes que pudesse se endireitar, pulei por cima."

— No caminho de Santos?

— Pois é, ninguém me impediu. O Patrique tinha apagado, ou viajava no baseado. Aproveitei a brecha. Montado na Diana, forcei a roupa para cima, queria ver seus peitinhos. Ela balançou a cabeça, fechou os olhos. Dizia "no, no", tentava me afastar. Eu a enchia de beijos, falava o que pudesse entender: "Hello baby, my baby, yeeesss". Com uma mão, abaixei a calcinha; com a outra, para garantir, tampei sua boca. Sussurrar no meu ouvido, tudo bem... O problema era se decidisse gritar.

Fez silêncio, pensei que fosse completar a história. Respirou fundo, comeu uma última calabresa da bandeja de metal. Perguntei o que mais tinha acontecido.

— Como?

— É... O que mais rolou no carro?

Felício se ajeitou na cadeira.

— Ô, alemão, não descobriu ainda? Não quero denegrir a imagem da princesa...

Ouvi resmungo das garotas atrás de mim. Felício ergueu o pescoço e falou alto.

— Não conto mais nada. Rolou um sentimento, vocês têm de respeitar.

Esperei que continuasse.

— Sou forte com bebida, você sabe. Mas não me lembro de detalhes da madrugada. Só pode ter sido o tóxico, mexeu comigo. Quando acordei, mal conseguia abrir o olho, me doía tudo. Ergui a cabeça, pareceu que ia explodir. Fazia frio, devia ser umas cinco, seis da manhã. Do lado de fora, tudo cinza. A Diana tinha se enrolado no meu paletó, na outra ponta do assento. Entre a gente estava o Patrique, úmido, em sono pesado. Porra alemão, foi foda. Eu ali, dormindo agarradinho, pensando que fosse a princesa...

"Chamei o Capenás, não estava no volante. Procurei pelo cara, o encontrei sentado numa mureta, fumando com as pernas cruzadas. O carro estava embicado numa padaria, os fulanos passavam para descarregar um caminhão de leite e nos olhavam no caminho, davam risada.

"Vi que a Diana também estava molhada. Pior: tinha perdido a peruca. Olhei seu cabelo loiro empapado, observei o Patrique. Era como se os dois tivessem entrado no mar e depois colocado as roupas. Dava até arrepio, de tão grudentos. Tentei me lembrar do que acontecera. Porra, eu estava seco. O que tinham aprontado, por que não me chamaram? Só conseguia me recordar de uma mulher reclamando num prédio, a gente gritando de volta. A areia no assoalho comprovava que havíamos passado pela praia.

"Meu traseiro estava gelado. Apalpei, encontrei a peruca da princesa no bolso de trás, molhada e com areia. Fiquei cabreiro. Ela se divertindo no mar enquanto eu tomava conta da peruca...

"Não demorou muito e o Capenás voltou. Bateu a porta com força para acordar os outros, atirou para nós um saco de pão. Me disse que havia contactado o comando, estavam à nossa procura em São Paulo. Falavam em seqüestro, mobilizaram a Polícia Federal, o serviço secreto dos gringos.

"O Patrique agarrou os assentos, fez esforço e pulou para a frente. O negão ligou o motor, deu ré. Não parava de falar 'puta merda, a gente está fodido'.

"A princesa acordou na segunda lombada. Tentou comer um pãozinho, mas só dava beliscadas. Na frente, o chucrute apoiava a cabeça nas mãos, gemia como uma moça. Ah, o uísque paraguaio...

"Pegamos de novo a estrada. E tudo aconteceu tão rápido... Tão rápido..."

Felício esfregou o rosto, suspirou. Bebera demais, apesar de não admitir.

— A culpa não foi do Capenás. Estava desperto, já havia dirigido em condições piores. A subida da serra é sempre perigosa; ainda mais com a pista molhada. Nem vi direito o que aconteceu. Minha cabeça pulsava. A princesa, deitada no meu colo, empapava a minha calça.

"Ouvi as buzinas. Um caminhão perdeu a curva, o negão só viu o tamanho da encrenca em cima da hora.

Tentou desviar, o carro rodopiou na serra. Foi como se o tempo tivesse parado. A gente deslizou em silêncio, Capenás soltou um 'ah, filha-da-puta'. Sem gritar, nem nada. Aí veio a porrada, e não me lembro de coisa nenhuma. Um caminhão da Perdigão vinha na cola, desavisado, e pegou nosso carro em cheio. Pelo menos foi o que me disseram na semana seguinte, enquanto eu estava no hospital, todo estropiado."

Fizemos silêncio. Minha boca salivava; sinal de caipirinha a mais da conta. Os olhos de Felício estavam vermelhos. Mordeu os lábios e engoliu a seco.

— Encontraram a princesa só muito tempo depois, em cima de uma árvore. Foram os cachorros que a descobriram, pelo cheiro. Não sei por qual lado voou. Eu tive a sorte de bater contra a encosta, só a minha perna que virou do avesso, e me quebrei inteiro. Mas o Capenás e o Patrique... Morreram na hora. Foi difícil tirar os caras das ferragens.

"Isso você sabe. Enquanto eu mofava no hospital, vigiado dia e noite, a história crescia, saía nos jornais. Fui despejado do emprego, começaram a me pagar para ficar de bico calado. Pararam faz uns meses, não sei por quê. Mudança de política, corte de despesa, alguma coisa de Brasília. Até pensei em continuar quieto. Mas não, não deu. Decidi que o governo merece uma lição. Porra, tenho mulher, duas meninas para sustentar..."

O assunto morreu. Nosso, da garçonete, das garotas ao lado.

Felício suspirou, mordeu o gelo que sobrara. "É isso", disse. Olhei ao redor, cansado. Nenhum de nós queria voltar ao assunto.

Atrás de mim, ouvia as meninas abrindo as bolsas, retirando as carteiras. Felício me disse que precisava de um táxi. Perguntei se não queria carona. Não. E se eu ligasse ao radiotáxi? Também não; preferia caminhar até encontrar um carro. Só me pediu grana para pagar o motorista. Levantou, se despediu da mesa ao lado e mancou até a porta enquanto eu preenchia o cheque. Na soleira do bar, parou por um momento, respirou o ar da madrugada. E sumiu.

Este livro, composto na fonte Fairfield
e paginado por Alves e Miranda Editorial,
foi impresso em pólen bold 90g na Lis Gráfica.
São Paulo, Brasil, no inverno de 2004